나란히 손잡고 인생이라는 길을 걸어갈 수 있는 사람.
지칠 때 어깨동무할 수 있는 사람 _ 스케치북

짝은 나를 이끄는 또 하나의 잣대 _ 쟈니쓰s

우리 서로 길들여져 너와 내가 익숙한 것 _ sleetday

습관 _ 그녀

닮아간다는 것 _ 아몬드봉봉

아무 말 않고 가만히 있어도
전혀 어색하지 않은 그런 존재 _ Nashira

어느 추운 날의 따스한 손거울 _ youhanla

같은 듯 다르고 다른 듯 같은 또 다른 나 _ 마님

닮은꼴. 그래서 보는 이로 하여금 모두 아! 하는 탄성을 내뱉을 수 있게 하는 것 _ 까막

내 눈이 멈춰지고 내 마음이 멈춰지고 오직 하나만 보이는,
다소 엉뚱한 장님으로 만들어버리는 내 짝 _ 공조팝나무

지금, 내가 찾고 있는 것. 지금, 내게 필요한 것 _ 혜경

마주쳐야만 소리가 나는 두 손바닥과 같은 것, 짝 _ 재익이

진정한 자신의 짝을 만나면 종소리가 들린대요 _ 후리지아

세모글, '우리가 정의하는 단어사전' 에서

Orange

넬 향한 내 맘, 나도 어쩔 수 없어!

내 사랑은 아직 덜 익은 오렌지처럼
달콤함보다는 쓴맛으로 가슴을 아리게 하네요.

내 사랑은 얄미운 오렌지색 탁구공처럼
어디로 튈지 몰라 가슴을 졸이게 하네요.

내 사랑은 순도 98%의 오렌지 주스처럼
2% 부족한 듯 작은 아쉬움이 남아 있네요.

하루에도 열두 번씩 좋았다가 싫었다가
오렌지색 경고등처럼 변덕스레 깜빡이고 있네요.

I ♥ YOU
8599543
794595
I

지금 내가 느끼는 게
사랑일까?

지금 내가 느끼는 게 사랑일까?

초판 1쇄 인쇄 _ 2009년 11월 2일
초판 1쇄 발행 _ 2009년 11월 5일

지은이 _ 이혜정
펴낸이 _ 명혜정
펴낸곳 _ 도서출판 이아소

등록번호 _ 제311-2004-00014호
등록일자 _ 2004년 4월 22일
주소 _ 121-840 서울시 마포구 서교동 408-9번지 302호
전화 _ (02)337-0446 팩스 _ (02)337-0402

책값은 뒤표지에 있습니다.
ISBN 978-89-92131-24-7 03810

도서출판 이아소는 독자 여러분의 의견을 소중하게 생각합니다.
E-mail _ m3520446@kornet.net

이 책에 수록된 인용글은 작가, 출판사, 저작권협회를 통해 게재 허락을 받았습니다.
연락이 되지 않은 분들은 도서출판 이아소로 연락해주시길 바랍니다.

지금 내가 느끼는 게 사랑일까?

이혜정 지음

무지개 너머 어딘가에

무지개 너머, 저 하늘 높이 어딘가에
옛날 자장가에서 들었던 아름다운 나라가 있어요
무지개 너머 어딘가에, 하늘은 파랗고
마음으로 꿈꾸면 정말로 이루어지는 곳이죠
언젠가 나는 별을 보며 소원을 빌고
저 하늘의 겹겹이 쌓인 구름 위에서 잠을 깰 거예요
근심은 레몬 사탕처럼 녹아버려요
굴뚝 꼭대기보다 훨씬 높은 그 곳에서 날 찾을 수 있을 거예요
무지개 너머 어딘가에 파랑새들이 하늘을 날아다녀요
무지개 너머에 새들이 날아다녀요 그러니 왜 나라고 날 수 없겠어요?
작은 파랑새들이 즐거이 무지개 너머로 날아간다면
왜, 왜 나라고 날 수 없겠어요?

에드거 아프 하버그, 「Somewhere Over the Rainbow」에서

사랑은 무지개 너머 파랑새처럼

손 닿을 수 없는 곳에 있는 환상이라고 생각한 적이 있어요.

너무나 간절히 원하지만 도저히 나에게는 이루어질 수 없는 일이라고.

떨어지는 별똥별을 보며 소원을 빌기도 하고

잠자리에 들기 전 두 손 모아 간절히 기도해보기도 했지만

다른 사람들에겐 쉬워 보이는 사랑이

나에게는 왜 그리 어렵게만 느껴졌는지.

한참을 기다려서 사랑하는 사람을 만나고 보니

환상 속의 파랑새처럼 예쁜 것만은 아니란 걸 알겠네요.

거센 소나기가 지나간 후에야 나타나는 눈부신 무지개처럼

힘든 시기가 지나간 후에야 진실한 사랑을 깨달을 수 있음을….

사랑이란 천국과 지옥을 반복하는 일…

사랑이란 참 어렵구나, 이런 생각 든 적이 한두 번이 아닙니다.

천국과 지옥을 반복하는 게 사랑이라던데,

정말 어떨 때는 하늘을 나는 기분이었다가,

어떨 때는 땅 속으로 푹 꺼져버리는 것 같기도 하니까요.

그래도 이런 일을 반복하면서 서로 조금씩 더 알아가는 거겠죠.

조금씩 더 가까이 다가가는 거겠죠.

언젠가는 '아, 이런 일로 싸운 적도 있지' 하며

서로 마주보고 웃는 날도 오겠죠.

사랑을 하다 보면 하루에도 몇 번씩 마음이 바뀝니다.

그 사람의 말 한마디 행동 하나에 흔들리게 돼요.

하지만 내가 '사랑'이라 선택한 사람이니까,

나중에 후회하지 않도록 지금에 충실하려구요.

가끔 비 오고 천둥치는 날도 있겠지만, 맑게 갠 후 나타나는

눈부신 무지개처럼 커다란 감동을 주는 것이 또 사랑이니까요.
여기에 있는 글들은 당신을 사랑하는 '나'에게 쓰는 편지이며,
내가 사랑하는 '당신'에게 쓰는 편지입니다.
그리고 지금 열심히 사랑을 하고 있는 우리들의 이야기입니다.
사랑하고 사랑받는,
세상에서 가장 큰 기쁨을 선물해준 단 한 사람, 당신에게 바칩니다.

역시나 또 투정부리다 기분이 풀린, 어느 날 오후에
이혜정

Blue 널 바라만 봐도 난 눈물이 나

Indigo 솔직히 말할게, 내 맘 속에 너 있어!

Purple 영원히 널 지켜줄게

Red

나, 사랑에 풍덩 빠져버렸어

당신은 내 마음을 멈추게 만들어버린 빨간 신호등
외로움에서 나를 구제해준 희생정신의 적십자

손길 하나로 빨간 사과처럼 달아오르게 하고
말 한마디로 빨간 딸기 같은 달콤함을 주네요.

나에게 사랑이라는 선물을 준 빨간 모자 산타클로스,
그런 당신에게만 주고 싶은 내 정열의 빨간 하트

꺼지지 말았으면 좋겠어요. 당신을 향한 나의 마음
환한 느낌, 뜨거운 열정의 빨간 등불처럼…

큰일났어, 심장에 병이 났나 봐

전 지금 사랑에 빠졌어요. 너무 아파요.

그런데 계속 아프고 싶어요.

누군가를 사랑하고 있을 때,

사랑하는 사람과 함께 보는 세상은 이전과는 다릅니다.

이른 봄에 피어나는 꽃들이 이렇게 키가 작았었나,

여름날의 밤하늘에 이토록 별이 많았었나,

떨어져 뒹구는 나뭇잎들이 이처럼 고운 빛깔이었나,

한겨울 가로등 불이 이렇게 따스한 주황빛이었나.

익숙했던 모든 풍경들이,

새삼 감탄하는 경우가 얼마나 많아지는지요.

어쩌면 사랑이란 잃었던 시력을 찾는 일인지도 모르겠습니다.

영화 「연애소설」에서

그 날 내 손을 잡았을 때 그 미묘한 떨림을 어떻게 잊을 수 있을까요.

그 날 가슴에 귀를 댔을 때 그 쿵쾅거리던 소리를

어떻게 잊을 수 있을까요.

술집에서 소주잔을 기울일 때도 손이 떨리고 있어 이 사람 혹시

수전증 걸린 것이 아닐까 생각했습니다. 한밤중 세상이 조용한데도

심장 소리가 너무 커 이 사람 혹시

가슴에 병이 있는 건 아닐까 걱정했습니다.

쿵쾅쿵쾅— 처음 그 소리를 들었을 때보다는 많이 약해졌지만,

나는 아직도 당신 심장 뛰는 소리를 듣는 게 참 좋습니다.

두근두근— 처음 손을 잡을 때 느껴지던 떨림은 이제 없지만,

나는 아직도 당신 손을 잡는 게 참 좋습니다.

길거리에서는 사람들 본다고 자꾸만 손을 빼버려

좀 심술이 나기도 하지만, 그래도 한적한 골목길이나

으슥한 밤길에서는 슬쩍 내 손을 잡아주는 당신이 참 좋습니다.

난 그냥 네가 좋아

너를 좋아해.

내가 널 좋아하는 건

네가 뛰어난 사람이기 때문이 아니야.

네가 좋은 사람이기 때문도 아니고,

네가 올바른 사람이기 때문은 더욱 아니야.

그렇다고 네가 나보다 못하기 때문이라거나,

나보다 못하는 것이 많기 때문도 아니고,

네가 나보다 불행하기 때문은 더욱 아니야.

널 좋아하는 건

그냥 너이기 때문이야.

나하고 조금은 비슷하고,

조금은 다른,

바로 너이기 때문에…

이유 같은 거 없어. 이유 같은 거 난 몰라.

왜인지는 몰라도 네가 좋아.

그대로의 네가 좋아.

이토 마모루, 만화 『너를 좋아해』에서

당신의
어디가 좋았냐구요?

당신의 어디가 좋았냐구요?

어디가 그렇게 좋아서 당신을 사랑하게 된 거냐구요?

웃긴 얘기 해주는 게 좋아요. 잘 웃지도 않으면서

나를 엄청 웃겨줄 때, 안 웃는 척하면서

문득문득 큭큭 혼자 웃고 있는 당신이 좋아요.

어느 순간 갑자기, 나를 그려준다고 했을 때.

그림 안 그린 지 오래돼서 잘 안 된다며

난처해하던 당신 모습이 좋아요.

내 이름 불러줄 때, 약간 투박한 듯하면서도 애정이 느껴지는

당신의 강원도 사투리가 좋아요.

내가 사준 향수 뿌리면서 자기가 좋아하는 향이라고 기뻐했을 때,

당신에게 나는 파코 향이 너무 좋아요.

당신의 보들보들한 피부가 좋아요.

작은 선물을 슬쩍 내밀 때, 나를 생각하며 골랐을 거란 사실에

기분이 좋아져요. 이런 선물은 많이 받아도 질리지 않을 것 같아요.

아무 생각 없이 예의에 어긋나는 행동을 할 때

기분 나쁘지 않게 지적해주는 거.

당신이 존경스럽게 느껴질 정도로 좋아요.

밥 먹을 때 반찬 얹어주는 거, 뭐 먹을 때 입에 넣어주는 거.

당신이 나를 아기처럼 아껴주는 것 같아서 좋아요.

잠자기 전의 통화, '잘 자~' 라는 당신의 인사를 받는 게 좋아요.

나보고 '예쁘다'고 했을 때.

당신의 가치관(기본적으로 나와 일치하는).

엄마한테 잘하라고 할 때(엄마랑 자주 싸우는 거 아니깐).

같이 걷는 거.

나를 꼬옥 안아줄 때.

신기한 마술 보여주는 거.

첨 보는 사람들하고도 말 잘하는 거.

당연히 뽀뽀하는 거 좋고(엄청 좋음).

팔베개 해주는 것도 좋고. 심장 소리 듣는 것도 좋고….

내가 너무 좋아한다고 부담스러워하지 마세요.

내 마음 나도 어쩔 수가 없어요.

그냥 당신이 좋아요.

사랑이란 든든한 내 편이 생기는 거래

그대와 사랑에 빠지면 안 되겠습니까?

그곳이 늪인지 강인지 바다인지 모르겠지만

저 목숨 걸고 당신 속으로

걸어 들어가면 안 되겠습니까?

나뭇잎처럼 작은 배처럼 별빛처럼

반짝이는 기쁨으로 떠 있다가

숨 가쁜 슬픔 속으로 자맥질할지라도 괜찮습니다.

제 전 생애가 익사하고

제 넋 수장되는 한이 있더라도

그대 가슴속으로 들어가고 싶습니다.

김하인, '사랑합니다' ,『박하사탕, 그 눈부신』(생각의 나무)에서

이런 마음 들게 하는 그런 사랑이 있다면
정말 굉장한 기분이 들 것 같네요.
하지만 나처럼 평범한 사람에게는 사랑이라는 것이,
영화 속에서 일어나는 일처럼 근사한 우연으로 시작된 것도 아니고,
드라마틱한 로맨스가 있는 것도 아니고,
'당신과 함께라면 죽을 수도 있어' 라는 결의가 생겨나는 것도 아닌,
그냥 계속되는 일상 속의 한 가지 작은 사건일 뿐이네요.
하지만 한밤중에 너무 무서운 꿈을 꾸다, 깨지도 못하고
소리도 입으로 안 나오는데, '제발 누가 나 좀 깨워줘!' 하고
꿈속에서 절실히 외쳤을 때,
우연히 구세주처럼 전화를 해서
나를 그 지독한 악몽에서 벗어나게 해준 당신.
그 순간만큼은 어떤 드라마보다 어떤 영화보다
더 당신과 나의 인연이 굉장하게 느껴졌어요.
'아, 우리는 정말 뭔가 텔레파시가 통하는구나' 하는 벅찬 기분.
그래요, 살면서 타이타닉호를 탄 것 같은
절체절명의 위기 상황을 겪게 되는 사람이 몇이나 있겠어요.
'당신을 위해서라면 내 목숨도 바치겠어' 라는 비장함보다는,
생활 속의 부딪침을 좀더 든든하게 이겨낼 수 있는 사람이 되는 것이
훨씬 좋을 거 같네요.
사랑이란 그리 거창한 게 아니라,

한밤중에 악몽을 꾸다 무서워서 갑자기 전화를 걸었을 때
짜증내지 않고 받아주는 당신이 고맙고,
울먹거리는 내 목소리에
무슨 일이냐고 같이 걱정해주는 당신이 고맙고,
그런 사람이 있어서 다행이라는 생각이 드는 것.
든든한 내 편 하나가 생기는 게 바로 사랑인 것 같네요.

널 만난 건, 결코 우연이 아니야

서로 알지 못하던 때에도

그대와 나는 인연으로 닿아 있었습니다

편지를 주고받으며

서로에 대해 조금씩 알아가는 일

신비스러운 여름의 장마를 지나

그대와 나는 만났습니다

당신이 아니었다면

정말 그대가 아니었다면

나는 인연을 믿지 않았을지도 모릅니다

세상에서 가장 힘차게 사랑하겠습니다

윤희문, '인연 2' 에서

나도 당신을 만나고 나서부터 인연을 믿게 되었습니다.

인연이 아니었다면 어떻게 우리가 그런 곳에서

만날 수 있었을 것이며, 인연이 아니었다면

어떻게 평소의 나라면 용납 못할 행동들도 그렇게 거침없이

해냈을 것이며, 인연이 아니었다면 어떻게 얼굴도 모르는 사람을

그렇게 아무 의심 없이 믿을 수 있었을까요.

얼굴도 몰랐던 그 한 달 동안에 그렇게도 많은 나의 이야기들과,

그렇게도 많은 당신의 이야기들과, 그렇게도 많은 통한다는 느낌과,

그렇게도 많은 기쁨과 즐거움들을 느낄 수 있었을까요.

어떻게 처음 만난 사람이

그렇게도 오래 알고 지낸 사람처럼 하나도 낯설지 않고

어딘가에서 본 듯 이미 아는 사람인 듯 친근하게 느껴졌을까요.

어떻게 처음 만난 사람이 나의 어깨에 팔을 두르는데

그 따뜻함과 그 떨림이 그렇게나 좋았을까요.

인연이 아니었다면

낯가림 심한 내가 그렇게도 사람을 재던 내가,

어떻게 당신을 완전하게 받아들일 수 있었을까요.

어떻게 그렇게 나 자신에게 솔직해질 수 있었을까요.

당신과 내가 인연이어서 그랬던 거라고 믿고 싶습니다.

혼자가 아니라서 좋은 이유

창밖을 봐.

바람에 나뭇가지가 살며시 흔들리면

네가 사랑하는 사람이

널 사랑하고 있는 거야.

귀를 기울여봐.

가슴이 뛰는 소리가 들리면

네가 사랑하고 있는 그 사람이

널 사랑하고 있는 거야.

눈을 감아봐.

입가에 미소가 그려지면

네가 사랑하고 있는 그 사람이

널 사랑하고 있는 거야.

영화 「클래식」에서

둘이 함께해야 연애죠. 혼자서도 사랑은 할 수 있지만,

연애는 결코 혼자서는 할 수 없는 거니까.

짝사랑만으로는 경험할 수 없었던 모든 일들을

연애는 가능하게 해줍니다.

"사랑해" 하고 말하면, "나도 사랑해" 하고 답이 오는 거.

"배고파" 하고 말하면, "밥 사줄게" 하고 답이 오는 거.

내가 그 사람 볼에 뽀뽀하면, 입술에 뽀뽀해주는 거.

내가 그 사람 손을 만지작거리면, 내 손을 꽉 잡아주는 거.

그 사람의 친구들 앞에서 당당하게 나는,

'그 사람의 애인' 으로 인정되는 거.

그 사람 핸드폰 통화기록에 내 이름이 가장 많이

남아 있게 되는 거.

이런 사소한 연애의 기쁨들을 알아갈 수 있도록

내 사랑을 받아준 그 사람이 고마워서,

앞으로도 많이 예뻐해줄 거라 마음먹습니다.

눈부신 순간은 아주 짧다

생애의 어느 한때 한순간,

누구에게나 그 한순간이 있다.

가장 좋고 눈부신 한때

그것은 자두나무의 유월처럼 짧을 수도 있고

감나무의 가을처럼 조금 길 수도 있다.

짧든 길든, 그것은 그래도 누구에게나 한때, 한순간이 된다.

좋은 시절은 아무리 길어도 짧을 수밖에 없는 것이다.

공선옥, 『자운영 꽃밭에서 나는 울었네』(창작과 비평사)에서

열정은 잠깐이었습니다.

만나고 싶어서 어떤 사람일까 궁금해서 잠 못 들던 설렘은

잠깐이었습니다.

아, 이렇게 생긴 사람이었구나,

이렇게 선하게 생긴 사람이었구나 감격했던 건 잠깐이었습니다.

이 사람의 손을 잡고 싶다, 이 사람의 넓은 가슴에 안기고 싶다

바랐던 건 잠깐이었습니다.

세상에 이렇게 좋은 일도 있구나, 사랑하는 사람들은 다들

이런 기분 느끼면서 살아갈 테지, 괜히 여태껏 한번도

이 좋은 걸 못해봤다는 사실에 조금 샘이 났던 건 잠깐이었습니다.

"나랑 사귀어줄래?"라는 말, 이렇게 가슴을 울리는 말이었구나

감동받았던 건 잠깐이었습니다.

함께 걷는 거리가 별로 특별할 것도 없는 거리가 새롭게 느껴지고,

길가에 지나가는 꼬마 아이한테도 장난을 걸고 싶어질 정도로

기분이 유쾌했던 건 잠깐이었습니다.

헤어지는 길 버스가 떠날 때까지 그 자리에 서 있어주던,

손을 흔드는 그 모습이 왠지 아려와 헤어지기 싫다는 마음에

가슴 저리던 건 잠깐이었습니다.

잠깐 동안의 열정 때문에

아주 긴 시간 마음을 잡기 위해 방황해야 했습니다.

내가 나답지 않음에 실망하고

그 사람이 더 잘해주지 않음에 맘 상하며,

더 가까워져야 함에도 더 멀어지는 것만 같아 서운해해야 했습니다.

그 사람이 내게 하는 것 이상으로 큰 기대를 가져

그 기대 때문에 더욱 힘들어하고,

혼자서 너무 앞서 나가서 그 사람을 또 오랫동안 힘들게 했습니다.

앞날에 대해 아무 생각 없이 빠져들었던 건 잠깐이었습니다.

하지만 이제는 우리가 함께해야 할 긴 시간에 대해 생각하게 됩니다.

그래서 간절히 하고 싶지만 하지 않아야 더 좋을 일이라면

참겠습니다. 아주 긴 시간이 걸리는 일이더라도,

지금 참음으로써 더 오랫동안 행복할 수 있다면

나는 기꺼이 참겠습니다.

사랑이란 말을 아끼라는 당신의 말이 처음에는 많이 서운했지만,

지나고 나니 이해가 됩니다.

이제 나는 당신에 대한 열정을 아끼려고 합니다.

잠깐 동안의 열정은 아껴두고 긴 시간 동안

천천히 따뜻한 애정으로 당신에게 다가가겠습니다.

이 남자, 정말 내 짝일까?

천생연분인 남녀가 사랑에 빠질 때에는 특별한 과정이 필요 없다.

오늘 날씨가 화창하고, 지금 마시는 물이 차고

신선하다는 것을 느끼듯이 서로를 알게 된다.

사람들은 자신에게 맞는 짝을 만나면

'나는 지금 나한테 맞는 짝과 함께 있다' 는 걸 금방 알아차린다.

이러한 깨달음은 이유나 자격조건 목록과는

아무런 관련이 없는 직관적인 지식이다.

그 사랑에는 조건이 없다. 그 사람이 당신에게 다가오면

당신은 그 사람을 자연스럽게 알게 된다.

그 사람이 왜 당신의 짝으로 느껴지게 되었는가는

인생에서 영원히 풀리지 않는 수수께끼로 남는다.

당신의 마음은 열려 있어야 한다.

마음이 열려 있지 않으면 진정한 짝이 바로 옆에 있어도 알 수 없다.

존 그레이, 『화성남자 금성여자의 사랑의 완성』(들녘미디어, 윤규상 옮김)에서

준비가 되어 있을 때 자기 짝이 나타나면

그 사람을 알아볼 수 있대요.

아, 이 사람이구나! 하는 느낌이 온대요.

그래서 나는 당신을 알아봤어요.

당신이 내 짝인 것 같다는 생각이 들었어요. 사랑을 하고 싶었고,

사랑할 준비가 되어 있었으니까요. 처음 만남은 우연이었지만,

점점 확신을 가지게 되었어요.

근데 당신은 아니었나 보네요. 좋아하긴 하는 거 같은데

계속 힘들어하네요. 아직 아무 준비도 안 되어 있다고 하네요.

내 맘을 돌릴 생각인지 자꾸만 무심하게 대하네요.

나도 점점 지쳐갑니다. 이건 아닌 거 같은데….

진정한 짝이라면 이렇게 힘들게 하지는 않을 거 같은데….

이대로 손을 놓아버리면 간신히 찾아온

'짝이라 생각되는 사람'을 놓쳐버릴 것만 같아

힘들고 지치면서도 그냥 곁에서 바라보게 되네요.

진정한 짝이란 무엇일까요? 당신은 100% 자기 짝을 만나셨나요?

그의 얼굴을 두 팔로 껴안았다

그 사람의 얼굴을 맨 두 팔로 껴안은 적이 있다.

살갗에 닿는 얼굴의 감촉.

한 팔로 깊숙이 아래턱을 감싸고 다른 팔로 머리를 휘감아 가슴에 갖다댄다.

겨드랑이 가까이 느껴지는 그 사람의 턱선.

약간은 까슬한가, 미세한 몸서리로 전율하게 만든다.

내 심장 소리가 그 사람에게 전해질까,

그 때문에 비정상적으로 고동치는 심장이.

행복에 겨워 터져버릴 듯한, 아니면 아주 녹아져 내릴 듯

흐느적거리는 고동이 전해질까.

내 두 팔에 안겨 감춰져버린 그의 얼굴이지만,

난 가슴으로 그 사람의 표정을 본다.

단순히 웃고 있다, 좋아한다라고만 이야기할 수 없는 표정이.

살갗을 통과하고 뼈와 혈관을 지나 심장으로 스며든다.

그렇게 껴안은 채 머리카락에 얼굴을 묻고 입을 맞춰본다.

아아, 내가 안고 있는 것이 당신의 전부라면 얼마나 좋을까.

당신을 둘러싼 모든 것들까지 이렇게 송두리째 안아버릴 수 있다면.

삼십세, 세모글 '나에게 쓰는 편지' 에서

짝

무언의 약속 _ 마이콜

안도의 한숨을 짓게 만드는 보호구역 _ 세나수이

말없이 걷고 있는 동안 어색하지 않은 사람. 나의 일상과도 같은 존재 _ 미연

같은 생각을 하고 있다는 걸 눈빛으로 알아채버리고는
나오는 웃음을 참지 못하는 사람. 나처럼… _ 어떤날

N극과 S극처럼 떨어져 있어도 서로를 끌어당기는 것 _ 자석

가장 기쁠 때 그리고 가장 슬플 때 나랑 함께하는 소중한 이 _ 해피헌트

짚신도 있는 것. 나는 잃어버린 것 _ 해날

같이 있어야 두 개가 더 가치 있어지는, 짝 _ 츄츄

혼자 그었던 금을 웃으며 지우고 다시 넘어갈 수 있는, 그 곳에 있는 이 _ 미도리

내 옆에서 같은 곳을 바라보며 내 손을 잡고 있는 사람 _ 쿠쿠쿠

짝이란, 제일 좋아하는 닭똥집을 다 줄 수 있는 것 _ 인생도피

짝은 같이 있고 싶은 사람이 아니라 같이 있지 않으면 안 될 사람입니다.
신발, 양말, 젓가락, 장갑, 안경이 그렇듯 말이죠 _ 홀맨

늘 같은 자리에서 나에게 힘이 되어주는 사람 _ kazuki

제발 알아볼 수 있었으면 좋겠다. 빨리 좀 나타나라!
_ harang

하늘이 맺어준 단 하나의 존재 _ 오늘처럼

연애지침서도 통하지 않는 사람

사랑은 너무 거지 같아.
맨날 울고 속 끓이고.

사람을 좋아하게 되면
잘 안 되는 일투성이다.

하지만 그래서 다들 믿고 싶은 건가 봐.
"괜찮아, 틀림없이 다 잘될 거야"라고.

마츠모토 토모, 만화 『KISS』에서

운전대를 잡은 지 얼마 안 된 초보운전자처럼 연애란 걸

처음 해보는 초보연애자라, 좀더 편한 길이 어딘지 충돌이

안 일어나려면 어찌해야 하는지, 나는 모르는 것이 너무나 많습니다.

그래서 속상하거나 머리 아플 때마다 사랑고민 게시판에 가서

글도 읽어보고, 나랑 비슷한 사람의 글을 보며 위안을 삼거나

다른 사람들의 처방을 되새겨보기도 합니다.

『화성남자 금성여자의 사랑의 완성』 같은 연애지침서들을 보며

우리의 관계는 과연 몇 단계까지 와 있는 것일까

곰곰이 생각해보기도 합니다. 하지만 나는 그래도 잘 모르겠어요.

다른 사람들에겐 통했다던 방법도 당신에겐 도통 먹히질 않고,

우리가 몇 단계에 와 있는지도 도통 감이 잡히질 않으니 말이에요.

이런 때는 이렇게 해봐야지 하고 마음먹어봐도, 언제나 상황은

내가 예상하지 못했던 방향으로 흘러갑니다. 그럴 때마다

그래, 연애지침서라는 게 도대체 무슨 소용이 있냐 말이다, 하며

한구석으로 휙 던져버리지만, 다시 또 연애 문제로 골치 아파질 때마다

처박아 두었던 연애지침서들을 꺼내들고 그래그래, 이젠

이렇게 해야지 하고 고개를 끄덕이는 바보 같은 짓을 하고 있네요.

연애지침서가 잘 통하는 사람이라면 얼마나 좋을까요.

해답이라는 게 나와 있는 문제 같으면 이런 고민을 할 필요도 없겠죠.

하긴 연애란 건 언제나 예측불허. 그러기에 사랑은

그 의미를 갖는 거겠지만. 어느 유명한 만화 대사처럼요.

'헤어지자' 란 말의 속뜻은

서경 : 왜… 안 보면 금세 잊을 텐데…

형준 : 지금 나 떠보는 거야? 가지 마라, 당신 없으면 못 산다.
이런 말이 듣고 싶어서 떠보는 거냐구.

서경 : 떠보는 거 아냐. 왜 다들 떠본다고 해?
겁나서 그런단 말이야.
정말 그럴까 봐… 정말 나를 잊을까 봐… 나를 떠날까 봐 겁이 나서.
나는 너무 모르거나, 너무 좋거나, 너무 슬픈 게 무서워.
조금 재미없고 시시해도 내가 익숙한 거, 잘할 수 있는 게 좋아.
그쪽이 훨씬 안심이 돼.

고은님, SBS 드라마 「첫사랑」에서

내가 이제 그만 만나자고 하는 말은

내게 조금만 더 잘해달라는 말입니다.

내가 당신을 만나는 것이 힘들다고 하는 말은

내게 조금만 더 관심을 가져달라는 말입니다.

내가 당신 때문에 외롭다고 하는 말은

내게 조금만 더 자주 연락을 해달라는 말입니다.

내가 이제 당신이 보기 싫어졌다고 하는 말은

당신이 너무 보고 싶어 견딜 수 없다는 말입니다.

내가 당신이 싫어질 때도 있다는 말은

당신이 아직도 너무 좋아 미칠 것 같다는 말입니다.

이제 그만 만나자는 말을 내뱉어놓고

당신이 정말 그 말을 받아들이면 어쩌나 마음 졸입니다.

헤어지자는 말, 절대 해서는 안 될 말이지만

가끔 화를 이기지 못해 튀어나올 때가 있습니다.

그럴 때 아무렇지도 않은 듯 그냥 그 자리에 있어주는 당신이

흔들리지 않고 나를 잡아주는 당신이 고맙습니다.

도대체 내가 뭘 잘못한 거니?

삶에는 골똘히 생각해서 좋은 것과

골똘히 생각하지 않는 쪽이 좋을 때가 있다.

찾아서 좋은 것과 찾아서 안 되는 것이 있다.

골똘히 생각하지 않는 쪽이 좋은 것과

찾아도 아무것도 되지 않는 것은

버리는 쪽이 좋다.

그것이 바로 살아가는 지혜이다.

송지원, 『날마다 지혜로운 여자로 사는 법』(인디북)에서 너무 생각이 많은 것도 사랑할 땐 안 좋은 거 같아요.
사소한 말 한 마디에도 큰 의미를 부여해서
과연 이게 무슨 뜻일까 혼자 끙끙대다가,
엉뚱한 결론에 도달하고는 혼자 열 받아서 씩씩대고.

골이 나서 퉁명스러운 목소리로 전화를 받으면 당신이 그럽니다.

"또 혼자 상상한다"고.

나보고 '골똘이'라 합니다. 매일 골똘히 생각에 잠겨 있다고.

사실 그저 단순하게 그 뜻 그대로였거나,

혹은 별 의미 없는 농담이었을 수도 있었는데, 말 한마디에

울고 웃고 휘둘리는, 생각 많은 나라는 사람이 참 피곤합니다.

그래도 당신은 '골똘이'라 놀리면서도, 그게 '나답다'고 말해줍니다.

다른 쪽으로 머리를 굴릴 줄 모르고

순수해서 그러는 거라 생각해줍니다.

당신이 내 안 좋은 모습도 그렇게 좋게 봐줘서,

나는 또 당신이 좋아지는 거예요.

혼자 골똘히 생각하는 것만으로는 해결되지 않는 게

사랑이라는 걸,

의심하고 화내기보다 얘기하고 풀어가는 게

사랑의 지혜라는 걸 차차 깨달아갑니다.

그래도 '나'인지라 또 어쩔 수 없이

골똘히 생각에 잠기는 때도 있지만, 예전처럼 화부터 내기 전에

당신을 이해해보려 노력하는 지혜로운 여자가 될게요.

전화할 때 정말 싫은 거 하나

사랑이란,

집에서나 회사에서나 거리에서나,

비어 있는 모든 전화기 앞에서 절대 자유롭지 못한 것이다.

전화의 구속은 점령군의 그것보다 훨씬 집요하다.

사랑에 빠져 있는 사람들에게 전화란

단 두 가지 종류로 간단히 나눌 수 있다.

그 혹은 그녀에게서 걸려오는 전화와 그 밖의 모든 전화.

이렇게도 나눌 수 있다.

전화벨이 울리면 그 혹은 그녀일 것 같고,

오래도록 전화벨이 울리지 않으면

고장을 의심하게 만드는 것, 그것이 사랑이다.

양귀자, 『모순』(살림출판사)에서

원래 전화를 자주 안 하는 나지만, 사랑을 하게 되니

이런 나도 당신에게는 전화를 자주 하게 되네요.

당신이 먼저 해줬으면 싶지만

기다려도 안 오니 내가 더 하고 싶어지는 거겠죠.

가뜩이나 전화 잘 안 하는 사람이, 내가 먼저 용기를 내 전화했을 때

"나중에 통화하자" 하고 무뚝뚝하게 끊어버리면

정말이지 너무 싫어요.

"친구들이랑 있으니까 나중에 통화하자"라든지, "지금 밥 먹으니까

나중에 통화하자"라든지, "어떠어떠한 일이 있으니까…"를

앞에 말해주면 좋을 텐데, 아무 설명도 없이 무조건

"나중에 통화하자" 하고 끊으면, 그 순간 '내가 전화 잘못 했나 보다'

하는 생각이 들어 괜히 서운해지고 의기소침해지곤 해요.

그 순간의 찬바람 쌩 도는 목소리를 녹음해서 들려주고 싶을 정도예요.

얼마나 사람을 당황스럽게 만드는 말투인지….

고치겠다고 해놓고 다급할 때는 또다시 무뚝뚝한 말투가

튀어나오는 당신. '아, 그래. 이 사람이 또 급한 모양이군' 하며

넘어가도 될 텐데 또다시 기분이 다운되어버리는 나.

'○○하니까' 를 덧붙이는 건 1초면 충분하잖아요.

이미 버릇으로 굳어진 일이라 고치려면 나름대로 노력해야겠지만…

차차 많이 고쳐지는 듯해서 그래도 다행스러운 일이에요.

연애란, 초보에겐 너무 고난도의 문제

사랑하는 마음을 표현하는 모든 말 중에

그 의미의 간절함을

가장 잘 전달하는 말은 "보고 싶어"이다

"보고 싶다"는 말이 입에서 나올 때는

벌써 눈앞에 사랑하는

모습이 선명하게 그려져 있다

사랑은 우리 눈 속에 있고

사랑이란 말은 우리 마음속에 있다

사랑이란 말은 우리 삶 속에 있다

사랑은 눈으로 먼저 찾아온다

사랑을 하면 그리움 속에 보고 싶어진다

이 세상에서 보고 싶은 사람이 있을 때

우리의 모습이 어떻게 달라지는가 생각해보라

참으로 기쁨이 넘치고 행복할 것이다

사랑하는 사람들은 "보고 싶다"는 말을 좋아한다

"보고 싶다"는 말에는 수많은 의미가 담겨 있다

"보고 싶다"는 말에는 사랑의 모든 표현이 다 담겨 있다

그 말은 그리움을 만들어놓는다

"보고 싶다"는 말은

사랑이 시작되었음을 알려주는 말이다

"보고 싶다"는 말은 사랑하고 있다는 증거이다

"보고 싶다"는 말은 사랑의 고백이다

"보고 싶다"는 말은

사랑하는 마음속에서 표현되는 사랑의 언어다

"보고 싶다"는 "사랑한다"이다

용혜원, 『사랑하니까』(좋은생각)에서

내가… 연애라는 건 처음 해본단 말이지.

굉장히 좋기도 하고, 때로는 맘 아프기도 하고.

가슴이 벅차오르기도 하다가, 펑펑 울음이 터져버리기도 하고.

혼자서 마음 졸이면서 불안해하던 거를 어제 그 사람한테 얘기했다.

좋아해. 그 말 한 마디로 답답했던 모든 게 풀려버린 느낌.

며칠 동안 정말 머리가 아팠었는데. 힘들었다. 연애란,

초보에게는 너무 고난도의 문제지만… 충분히 해볼 만한 것.

그 사람과의 연애를 시작할 때 썼던 일기네요.

정말 처음엔 마음 고생이 심했어요. 사랑 때문에

그렇게 많이 울었던 적도 없고.

내 맘 너무 몰라줘서 나를 너무 외롭게 해서 이제 그만둬버릴까,

이 사람 놓아버릴까, 하다가도

만나서 얼굴 보면, 그 웃는 모습 보면,

나를 바라보는 그 눈을 보면, 고민했던 거 다 잊어버리고

그저 그 사람과 함께 있다는 사실이 너무 좋아서 웃음이 나옵니다.

자주 만날 수 없는 상황이라서, 예전엔 한 달을 못 만나면

두 달을 못 만나면 점점 서먹해지다 우리 사이도 끝날지 모른다

생각했는데, 요즘엔 세 달 만에 만나더라도 바로 엊그제 본 것처럼

느껴지니 꼭 안 보면 멀어지는 것도 아닌가 봐요.

그래도, 보면 좋으니까,

너무 반갑고 좋으니까…

보고 싶으니까… 좀더 자주 당신을 만날 수 있었으면 좋겠어요.

나를 더 사랑하는 남자, 내가 더 사랑하는 남자

때로, '그 사람이 내 생각을 전혀 하지 않고

하루를 보내는 게 아닐까' 자문해보기도 했다.

나는 존재하지도 않는다는 듯이 태연히 잠자리에서 일어나

커피를 마시고 이야기하고 웃는

그 사람의 모습이 눈앞에 보이는 듯했다.

한시도 그 사람에 대한 생각에서 벗어나지 못하는

나와의 차이 때문에 너무나 불안해졌다.

어떻게 그럴 수가 있을까.

아니다. 그 사람도 분명히

아침부터 저녁까지 내 생각만 하고 있는

자신의 모습에 깜짝 놀랄 것이다.

설령 그렇지 않더라도 내 태도가 옳은 건지

그 사람이 옳은 건지 굳이 가려낼 필요는 없다.

그저 그 사람보다 내가 더 운이 좋다고 생각하면 그만이었다.

아니 에르노, 『단순한 열정』(문학동네)에서

여자는 자기를 더 좋아해주는 남자를 만나야 행복하다는
말이 있잖아요. 자기가 더 좋아하는 남자가 아닌.
나를 더 사랑하는가, 내가 더 사랑하는가 확실하게
잘라 말할 순 없지만, 나에게 적극적으로 잘해주는 남자는
나를 더 사랑하는 거 같고, 반면 별로 적극적으로 다가오지 않으면
내가 더 사랑하는 것같이 느껴집니다.
내 남자친구의 경우는 내가 더 사랑하는 쪽인 것 같아요.
"사랑하냐, 안 하냐?" 물었을 때
"사랑한다"고 대답하는 거 보면 사랑하긴 하는 것 같은데,
이 무뚝뚝한 남자는 감정표현도 별로 안 하고,
아기자기한 선물 같은 건 해줄 생각도 안 하니 보여지는 것만으로는
도대체 나를 좋아하기나 하는 걸까 싶을 때가 있어요.
내가 먼저 연락하고, 내가 먼저 만나자고 하고,
내가 먼저 선물해주고…. 기껏 이 남자의 애정표현이라는 것이
밥을 사준다거나(굶고 다니는 것도 아닌데),
가방을 들어준다거나(사람 없는 곳에서만),
새로운 마술을 보여주는 것(그 많은 걸 어디서 다 배웠는지) 정도.
그래도 그게 이 사람이 사랑을 표현하는 방식이려니 생각하면,
그런 행동 하나하나가 예뻐 보입니다.
지금은 비록 '내가 더 사랑하는 남자' 일지라도 언젠가는
'나를 더 사랑하는 남자' 가 될지도 모른다는 희망으로 더 두고 볼래요.

그렇게 안 된다 하더라도 어차피 처음부터
'내가 더 사랑하는 남자' 였으니 손해볼 건 없잖아요. 이렇게 마음껏
사랑할 수 있었으니 내가 더 운이 좋다고 생각하면 그만이지요.
시간이 지나서 '나를 더 사랑하는 남자' 가 되어준다면
더 바랄 것이 없겠지만….

그건 사랑이 아니라 집착이야

누군가를

능숙하게

사랑할 수도 없으면서

누군가에게

사랑받고 싶어서

어쩔 줄을 몰랐다.

야자와 아이, 만화 『nana』에서

난 20대에도 분명 사랑을 했었겠죠. 하지만 지금 생각해보면

과연 그것이 온전한 사랑이었을까 싶어요.

제대로 사랑할 줄도 모르면서 좋아하는 사람에게 사랑받고 싶어서

떼쓰는 어린아이의 집착 같았다고나 할까.

그저 말 안 해도 내 마음을 알아주기를 바랐습니다.

감정이 쌓이고 쌓여 어찌할 수 없는 상태에 놓였을 때에

비로소 한 번의 '고백' 이라는 걸 해봤지만

(그것도, 말로는 전하지 못해 편지를 통해 참으로 어설프게),

그때는 나조차도 내 감정을 주체할 수 없어

상대방이 거절을 했다는 사실보다는 오히려 내가

'고백 같은 어이없는 짓' 을 해버렸다는 것이 굉장히 수치스럽고

용서할 수 없는 죄를 지은 듯해 한동안 나 자신을 미워하기도 했어요.

이제 서른이라는 나이를 넘기고 나니,

그런 20대의 덜 익은 열정이 부끄러움보다는 가끔 꺼내어

추억할 수 있는 풋풋한 웃음 나는 일이 되었네요.

쉽지만은 않은 '고백' 을 해봤다는 것도

힘든 일 하나 겪은 것처럼 대견하게 여겨지고요.

그렇게 열심히 사랑받고 싶었던 어린 날의 내가 있었기에,

나를 사랑하는 사람에게 열심히 사랑을 주고 싶어하는

지금의 나도 있는 거겠죠.

사랑이란 것이 때때로 사람을 어린아이로 돌아가게 만들어,

나이가 이만큼이나 들어서도 가끔 말도 안 되는 억지를 쓰기도 하지만,

그래도 지나고 나면 잘못을 인정하고 사과하고 싶어지는

마음이 드니까 그나마 괜찮은 거라는 생각이 드네요.

이렇게 사랑을 배워가는 거겠죠. 조금 더 어른스러워지고

조금 더 성숙해지면서, 사랑하는 방법을 하나하나 알아가는 거겠죠.

언젠가 내가 사랑하는 그 사람,

사랑이라는 이유로 힘들게 하지 않을 수 있는 그런 날이 올까요?

나 몰래 딴 여자와 데이트를?

사랑이 그대를 부르거든 그를 따르라.

비록 그 길이 힘들고 가파를지라도.

사랑의 날개가 그대를 감싸안거든

그에게 온 몸을 내맡기라.

비록 그 날개 안에 숨은 칼이 그대를 상처 입힐지라도.

사랑이 그대에게 말할 때는 그 말을 신뢰하라.

비록 북풍이 정원을 폐허로 만들듯

사랑의 목소리가 그대의 꿈을

뒤흔들어놓을지라도.

칼릴 지브란, 『예언자』에서

의심스러운 사실이 의심 많은 성격을 만드는 게 아니래요.

의심 많은 성격이 의심스러운 사실을 만드는 거래요.

지금 뭘 하냐고 묻는데 비밀이라며, 그냥 누구 만나러 가는 길이라며

얼버무리는 남자친구에게 기분 상한 적이 있었죠.

나 몰래 다른 여자 만나러 가는 건 아닌가 하고.

하지만 사실은 그때 자기 상황이 좀 부끄러워서

내게 제대로 말하지 못한 거였다고, 어떤 일이었는가에 대해

저녁 때 말을 해주는데, 무턱대고 의심부터 했던 내가 참 미안하고

부끄러웠습니다. 사랑하는 사람이라면 서로 믿어야 하는 건데.

내 자신이 구속받는 걸 누구보다도 싫어하는 성격이라

상대방에게도 절대 간섭하는 일은 없을 거라 생각했었는데,

마음먹은 대로 되지만은 않는 게 사랑인가 봐요.

"당신을 믿으니까." 이 말 한마디

당연하게 나올 수 있는 그 날까지 좀더 노력해봐요.

사랑은 너무 어렵고도
너무 쉬운 것

에잇~ 사랑은 너무 어렵다.

복잡하다.

그런데 너무 쉽고 간단하다.

너무 행복하지만, 갑자기 정말 사소한 것에 화가 무지무지하게 난다.

사랑은 언제 빠졌는지 모를 정도로

쥐도 새도 아무도 모르게 다가왔지만

왜 이렇게 가슴이 아플까? 왜 이리도 작은 것에 섭섭해하는 건가?

내가 그렇게 속 좁고 유치한 인간이었나?

혼자 있어도 나는 너에게 화를 막 내며 구시렁거리다가도

어느새 바보같이 허~ 웃고 있다.

함께 있는 것만으로도 눈물이 날 정도로 행복하다.

그러다가도 너의 작은 무관심에

눈물이 주르르 흐를 정도로 나는 마음에 상처를 받는다.

헤어지자고 수없이 얘기했지만 자신 없다.

시간이 흐르면 희미해질 것 같은 너에 대한 애틋함, 원망.

왜 또렷해지는 걸까.

정말 모르겠다. 어찌해야 할지 모르겠다.

너 때문에 정말 마음이 아프지만,

너무 마음이 아파서 하루 종일 울 때도 있지만

이젠 벗어나야지, 제 정신으로 돌아와야지, 다짐하지만…

계속 난 원점으로 돌아오고 만다.

쌀라면, 세모글 '나에게 쓰는 편지'에서

Yellow

내 사랑으로 널 웃게 할 거야

해만 바라보는 노란 해바라기는 낮이 좋습니다.
해의 얼굴을 질리도록 볼 수 있기 때문입니다.

엄마 닭만 바라보는 노란 병아리는 뜰이 좋습니다.
온종일 엄마 뒤를 졸졸 따라다닐 수 있기 때문입니다.

들풀 사이 피어난 노란 민들레는 봄이 좋습니다.
친구인 노랑나비와 재미나게 놀 수 있기 때문입니다.

당신을 바라보고 당신을 따라다니고 당신과 놀고 싶은 나는
당신의 모든 것이 너무나 좋습니다.

누구도 피해갈 수 없는 사랑의 콩깍지

처음엔 당신의 착한 구두를 사랑했습니다

그러다 그 안에 숨겨진 발도 사랑하게 되었습니다

다리도 발 못지않게 사랑스럽다는 걸 알게 되었습니다

어느 날 당신의 머리까지

그 머리에 감싼 곱슬머리까지 사랑하게 되었습니다

당신은 저의 어디부터 시작했나요

삐딱하게 눌러쓴 모자였나요

약간 휘어진 새끼손가락이었나요

지금 당신은 저의 어디까지 사랑하나요

몇 번째 발가락에 이르렀나요

혹시 아직 제 가슴에만 머물러 있는 건 아닌가요

대답하지 않으셔도 됩니다

제가 그러했듯

당신도 언젠가 저의 모든 걸 사랑하게 될 테니까요

구두에서 머리카락까지 모두 사랑한다면

당신에 대한 저의 사랑은

더 이상 갈 곳이 없는 것 아니냐고요

이제 끝난 게 아니냐고요

아닙니다

처음엔 당신의 구두를 사랑했습니다

이제는 당신의 구두가 가는 곳과

손길이 닿는 곳을 사랑하기 시작합니다

언제나 시작입니다

성미정, '처음엔 당신의 착한 구두를 사랑했습니다' 에서

그냥 솔직히 객관적으로 말하면(당신을 좋아하는 나로서가 아닌)
그리 잘생긴 얼굴은 아니거든요. 요즘 배도 좀 나온 거 같고,
나이도 좀 들어 보이는 거 같고.
근데 주관적인 내 눈에는 당신이 참 매력적이거든요.
까무잡잡한 피부는 남자다워 보여서 좋고, 약간 처진 눈은
선하게 생겨서 좋고. 그리 크지도 작지도 않은 손은 잡았을 때
느낌이 딱 좋고, 보들보들한 입술은 만지작거리면 굉장히
기분이 좋거든요. 적당히 살집이 느껴지는 몸은 안았을 때
포근하고 넉넉해서 좋고, 그렇다고 너무 뚱뚱한 것도 아니어서
답답한 느낌이 안 들어서 좋구요.
미용실 언니는 당신 뒤통수 머리카락이 좀 뜬다고
'파마' 를 하는 게 어떠냐고 하지만, 나는
약간 뜬 당신 머리가 아이 같아서 귀여워 보이는걸요.
오랜만에 만난 친한 친구들이 "왜 그렇게 나이 들어 보이냐" 했다고
의기소침해하지만, 늘 깔끔하게 세수한 얼굴에 내가 좋아하는 향이
은은히 풍겨 나와 뺨을 쓰다듬어주고만 싶은걸요.
이게 사랑하면 피해갈 수 없다는 '콩깍지' 라는 거지요?
이런 콩깍지라면 좀 오래오래 씌어 있었으면 좋겠어요.
당신이 많이많이 예뻐 보일 수 있도록,
더 많이많이 사랑해줄 수 있도록.

그는 내가 더 좋은 사람이 되고 싶게 해

멜빈 : 내 담당 정신과 의사가 말하기를

나 같은 환자의 50~60%는 약을 먹으면 좋아진대요.

하지만 난 약을 싫어하오. 아주 위험하잖소.

약이라면 치가 떨리오.

내가 하고 싶은 찬사는 바로 당신이 찾아온

다음날 아침부터 약을 먹기 시작했다는 것이오.

캐롤 : 그게 무슨 찬사가 될 수 있나요?

멜빈 : 당신은 내가 더 좋은 남자가 되고 싶도록 했소.

캐롤 : 그 말씀, 내 일생 최대의 찬사가 될 것 같아요.

영화 「이보다 더 좋을 순 없다」에서

당신이 '예쁘다' 고 말을 하면 나는 정말 예쁜 사람인 것만 같아서,

안 입던 치마도 입게 되고 안 하던 몸매관리도 하게 됩니다.

당신이 '착하다' 고 말을 하면 나는 정말 착한 사람인 것만 같아서,

안 하던 집안일도 잘하게 되고 잘 내던 성질도 안 내게 됩니다.

당신의 말 한마디에

나는 예쁜 사람도 되고, 착한 사람도 됩니다.

당신이 내 곁에 있어만 준다면,

나는 지금보다 조금 더 좋은 사람이 될 수 있을 것만 같습니다.

당신이 나를 사랑한다는 것이 부끄럽지 않도록,

내가 당신을 사랑한다는 것이 긍지가 되도록,

나는 더 좋은 사람이 되고 싶습니다.

나를 더 좋은 사람이 되고 싶게 만들어주는 당신,

그런 당신을 사랑합니다.

오늘은 나만의 뷰티풀 데이

지금쯤, 전화가 걸려오면 좋겠네요.

그리워하는 사람이 사랑한다는 말은 하지 않더라도

잊지 않고 있다는 말이라도 한번 들려주면 참 좋겠네요.

지금쯤, 편지를 한 통 받으면 좋겠네요.

편지 같은 건 상상도 못 하는 친구로부터

살아가는 소소한 이야기 담긴 편지를 받으면 참 좋겠네요.

지금쯤, 누군가가 나에게 보내는 선물을 고르고 있으면 좋겠네요.

내가 좋아하는 것들을 예쁘게 포장하고 내 주소를 적은 뒤,

우체국으로 달려가면 참 좋겠네요.

지금쯤, 내가 좋아하는 음악이 라디오에서 나오면 좋겠네요.

귀에 익은 편안한 음악이 흘러 나와 나를

달콤한 추억의 한순간으로 데려가면 참 좋겠네요.

지금쯤, 누군가가 내 생각만 하고 있으면 좋겠네요.

나의 좋은 점, 나의 멋있는 모습만 마음에 그리면서

가만히 내 이름을 부르고 있으면 참 좋겠네요.

지금쯤, 가을이 내 고향 들녘을 지나가면 좋겠네요.

이렇게 맑은 가을 햇살이 내 고향 들판에 쏟아질 때

모든 곡식들이 알알이 익어가면 참 좋겠네요.

'지금쯤' 하고 기다리지만 아무것도 찾아오지 않네요.

이제는 내가 나서야겠네요. 내가 먼저 전화하고,

편지 보내고, 선물을 준비하고, 음악을 띄워야겠네요.

그러면 누군가가 좋아하겠지요. 나도 좋아지겠지요.

이 찬란한 가을이 가기 전에….

정용철, '가을의 욕심', 월간 『좋은생각』에서

구름 사이에서 밝게 빛나는 해를 본 날

바람이 기분 좋게 부는 날

핸드폰이 세 번 이상 울린 날

커피, 설탕, 프림이 딱 알맞게 맞춰진 날

엄마에게 칭찬 들은 날

역에 도착하자마자 전철이 바로 온 날

"예뻐졌다"라는 말을 들은 날

공돈 생긴 날

잘생긴 남자애를 발견한 날

읽고 싶던 책을 드디어 산 날

좋아하는 노래가 라디오에서 나온 날

그리고 당신이 먼저 "사랑해"라고 말해준 날

그 날은 나의 뷰티풀 데이

사랑이란 그의 향기에 길들여지는 것

4~8살의 아이들에게 물었다.
사랑이 뭐라고 생각하니?

사랑이란 한 소녀가 향수를 바르고,
또 한 소년이 로션을 바른 후 만나서 서로의 향기를 맡는 거예요.

칼(5세)

사랑이란 누가 나에게 상처 주는 말을 하거나 날 아프게 해서
내가 너무나 화가 나도 그 사람에게 소리를 지르지 않는 거예요.
왜냐하면 내가 그러면 그 사람 기분이 나빠질 테니까요.

사만다(6세)

사랑이란 엄마가 아빠를 위해 커피를 끓인 후
아빠에게 드리기 전에 맛이 괜찮은지 한 모금 맛을 보는 거예요.

대니(7세)

사랑이란 항상 키스를 하는 거예요.

그리고 키스하는 게 지겨워져도

아직도 함께 있고 싶고 얘기를 나누고 싶어하는 거죠.

에밀리(8세)

사랑이란 어떤 남자애에게 너의 셔츠가 예쁘다고 말했을 때

그가 그 셔츠를 매일 입고 오는 거예요.

노엘(7세)

사랑이란 엄마가 아무리 아빠가 땀 냄새가 나도

로버트 레드포드보다 더 잘생겼다고 말해주는 거예요.

크리스(8세)

사랑이란 엄마가 아빠가 변기에 앉아 있을 때도

징그럽다고 생각하지 않는 거예요.

마크(6세)

사랑할 땐 속눈썹이 올라갔다 내려갔다 해요.

작은 별들이 내 안에 보여요.

카렌(5세)

나만이 알고 있는 비밀이 있어요.

당신이 잠잘 때 코를 고는지 안 고는지, 이빨은 가는지 안 가는지.

봄가을엔 어떤 속옷을 좋아하는지, 여름엔 또 어떤 속옷을 좋아하는지.

당신이 얼마나 화를 잘 안 내는 사람인지, 그러다가도

정말 화날 때면 얼마나 말이 없어지는 사람인지.

당신이 요즘 어떤 향수를 쓰는지, 내가 선물한 그 향수를

얼마나 자주 뿌리고 다니는지.

시원하게 풍겨 나오는 향수 내음에 묻어나는 당신만의 체취가

얼마나 나를 두근거리게 하는지.

둘이 같이 걷다가도 바람결에 전해오는 당신 향기 때문에,

자꾸자꾸 웃음이 나올 정도로 얼마나 내가 행복해지는지.

그 향기가 그리워져서 매일 당신이 보고 싶어진다는 거 아세요?

우리 자주 만나지는 못하지만

당신 체취로 항상 기억하고 그리워한다는 거 아세요?

아— 이런 생각을 하고 있으니, 당신이 또 생각나 미치겠습니다.

꽃처럼 항상 보살펴줄게

언제부터 사랑이었는지 알아채는 요령 없나요

그 어떤 맘이 변해서 사랑하게 되는지 나만 훔쳐보고 싶은데

사랑하면 달라진다는데 알아채는 요령 없나요

그 어떤 맘을 숨기고 애태우게 하는지 그만 내게 가르쳐줘요

매일 단장하는 그대의 부지런함 나완 무관한가요 그런가요

몰라보게 착해진 마음씨에 다들 놀라요 사랑하나요

나도 그댈 사랑해 그대보다 더 오래오래

평생 웃게 해줄게 우리 둘이서 같이 산다면

그 어떤 맘이 변해서 사랑하게 되는지 그만 내게 가르쳐줘요

괜히 토라지는 듯 어설픈 연기가 내겐 묘한 즐거움 귀여워요

아무 상관없는 걸 나 처음 보는 건 아마도 사랑하나요

나도 그댈 사랑해 그대보다 더 오래오래

평생 웃게 해줄게 우리 둘이서 같이 산다면

나도 그댈 사랑해 그대보다 더 많이많이

평생 보살펴줄게 우리 둘이서 같이 산다면

나도 그댈 사랑해 그대보다 더 많이많이

평생 이뻐해줄게 우리 둘이서 같이 산다면

이승환, 「사랑하나요」에서

"내가 사랑하는 사람은 나의 꽃이다.

그러므로 나는 그 꽃을 잘 보살펴야 한다."

틱낫한 스님의 말입니다.

어린왕자는 자기의 장미를 위해 매일 물을 주고 유리덮개를

씌워주잖아요. 자기에게 길들여진 장미를 사랑하기 때문에.

어떨 땐 내가 사랑하는 사람이 어린아이처럼 보일 때가 있어요.

엄마처럼 누나처럼 따뜻하게 감싸주고 보듬어줘야 하는….

그 사람이 어느 날 그러더라구요.

"술 좀 적게 마셔라, 담배 좀 그만 피워라." 이런 잔소리 좀

많이 해달라고. 그러면 자기의 나쁜 점들을 고칠 수 있을 것 같다고.

꼭 그래서만은 아니지만, 잔소리를 많이 하게 됩니다.

밥 잘 챙겨먹어, 일찍 자, 운동 좀 해, 아버지께 잘해드려….

하긴 그 사람 역시 나에게 비슷한 잔소리를 하네요.

제일 챙겨주고 싶은 건 건강입니다. 무엇보다 건강이 우선이니까.

건강해야 오래 만날 수 있으니까.

그리고 열심히 보살펴주기 위해 나도 건강해야겠습니다.

남자는 여자 하기 나름이에요

여자가 남자로부터 큰 점수를 딸 수 있는 길

1. 그가 실수했을 때, "내가 그럴 거라고 했잖아요"라고
말하거나 충고하지 않는다.

2. 자기가 그를 언짢게 했다고 느껴질 때는
곧 사과하고 그가 원하는 사랑을 준다.

3. 그에게 도움을 요청했다가 거절당해도 기분 나빠하지 않는다.
그가 할 수 있었다면 틀림없이 해주었을 거라고 믿는다.
거절당했다고 그를 밀어내거나 나쁘게 생각하지 않는다.

4. 다음에 또 그에게 도움을 요청했다가 거절당하더라도
그로 하여금 자기가 틀려먹은 사람이라고 생각되게 만들지 말고
그것이 그의 한계임을 받아들인다.

5. 동굴로 들어가는 그에게 죄책감을 갖지 않게 한다.

6. 동굴에서 나올 때 반갑게 맞이하며 거부하거나 응징하지 않는다.

7. 그가 자기 잘못을 사과할 때 사랑으로 받아주고
그를 용서한다(그가 저지른 잘못이 심각한 것일수록
점수는 높아진다).

8. 그와 데이트할 때 식당이 마음에 들지 않거나
영화가 좀 시시해도 그가 언짢아하지 않도록 은근하면서도
재치 있게 자기 생각을 표현한다.

9. 그가 전에 잘못했던 일에 대해 자꾸 생각하기보다는
다시 그에게 도움을 청해본다.

10. 비난하거나 나무라거나 거부 반응을 보이지 않고
자기의 부정적인 느낌을 표현한다.

존 그레이, 『화성에서 온 남자 금성에서 온 여자』(친구미디어, 김경숙 옮김)에서

남자들이 보기에는 참 씩씩하고 강한 것 같지만 은근히
소심한 부분이 많은 것 같아요. 간혹 어떤 남자들은 소심함이라고는
전혀 모르는 듯 너무 적극적으로 돌진해서 당황스럽지만,
나는 그런 남자는 별로 매력이 느껴지질 않더라구요.
20대 중반이 넘어가면서부터는 여자를 사귈 때
더욱 소심함이 더해지는 것 같습니다
(본인은 스스로 진지함이라 여기겠지만).
아무래도 '사랑하면 됐지' 하고 생각하는 10대나 20대 초반 때랑 달리
경제적인 자립이나 업무분야에서의 인정 같은 것들이 우선이 되고,
그게 충족될 때에야 비로소 한 여자를
행복하게 해줄 수 있다고 생각하게 되니까 그런가 봐요.
그래서 힘든 상황에 있는 남자라면,
'그녀를 위해서라면 사랑하기에 떠나보낼 수도 있다'
이런 어이없는 마음을 먹게 되는 수도 있구요.
여자들도 다 사람마다 달라서, 물론 경제적인 안정을
최우선으로 여기는 경우도 있겠죠. 하지만 나를 비롯한 많은 여자들은
'돈은 많지 않아도 된다', '나를 사랑하고 아껴주는
진실한 마음이 문제다' 하고 생각할 거예요.
건강한 몸과 하고자 하는 마음만 있다면, 노동일을 한들 어때요.
수입이 적어서 힘들다면, 돈은 여자도 벌 수 있는 거죠.
사랑하는 남자가 소심하게 군다 싶을 때,

자꾸 나를 멀리하려 한다 싶을 때,

그 사람의 본심을 꿰뚫어보는 힘이 필요해요.

딴 여자가 생겼다거나, 마음이 변해서가 아니고,

단지 지금 상황이 안 좋아서 그러는 것이라면,

흔들리지 않고 잡아주는 노력이 필요해요.

내가 선택한 남자니까, 내가 사랑하는 사람이니까,

이 순간 힘들어도 손을 놓지 않겠다는 결심. 언젠가 어려운 시기가

지나면, 꿋꿋이 옆에 있어준 나를 고마워할 거라는 믿음.

일 때문에 바쁜 사람을 만나주지 않는다고 투정부리거나,

사랑하는 여자를 행복하게 해주지 못해 미안해하는 사람을

헤어지고 싶어하는 거냐고 자꾸 괴롭히는 건,

별로 도움이 안 돼요(내가 많이 해봐서 알지만).

오히려 자기 일에 더 충실하고, 재미나게 시간을 보낼 수 있는

취미거리를 갖고, 신나게 수다 떨 수 있는 친구를 사귀고…

이런 것들이 훨씬 바람직한 행동들이죠.

남자는 여자가 울고 슬퍼하면, 자기가 행복하게 해주지 못해서

그러는 거라 생각한대요. 여자가 즐거워 보이고

자기만의 생활을 누릴 때, 더 사랑스럽고 아껴주고 싶어진대요.

한때 잠시(일주일로 끝날지, 혹은 한 달이나 몇 달이 될지 몰라도)

자기만의 동굴로 들어간 남자를 억지로 빼내려 하지 마세요.

동굴 앞에서 부담스럽게 울고 있지도 마세요. 어렵더라도,

그 시간을 즐겨보세요.

혼자서 씩씩하게 여러 가지 일들을 해보세요.

그리고 마침내 그가 동굴에서 나와 멋쩍어할 때,

따뜻하게 웃으며 맞이해주세요. 고마운 마음에

전보다 더 많이 당신을 사랑해줄 거예요.

그가 나를 사랑하게 만드는 것도, 그를 떠나게 만드는 것도,

모두 여자 하기 나름이에요.

사랑을 잘하려면 혼자서도 잘 놀아야 한다

우리는 '개인'으로 상대를 사귀게 되는 것이지만

연애가 성립하면 그것이 최소의 집단이 된다.

연애에서는 일체감을 즐기는 것이 보통이지만,

그 일체감을 자기 혼자서 그려보며,

그것을 상대방에게 요구하게 될 때 응석이 생겨난다.

응석부리기는 간단하니까,

자기도 모르는 사이에 빈번하게 발생하게 된다.

응석을 부리는 사람은 자기 마음대로 되지 않으면

화를 내거나 책임을 상대방에게 떠맡기거나 하지만,

그것이 자기의 응석 때문이라고는

절대로 깨닫지 못하며 인정하려고도 하지 않는다.

의존심 또는 어리광이라는 것은

장마철의 곰팡이처럼 내버려두면 자연히 발생한다.

상대방에게 의지하지 않기 위해서는 노력이 필요하다.

의존심을 배제하기 위해 노력한다는 것은,

상대방에게 잘하는 것이 아니다.

혼자 있을 때에도 충만한 시간을 가질 수 있도록

스스로가 노력하는 일이지만,
그것은 결코 쉬운 일이 아니다.

무라카미 류, 『사랑에 관한 달콤한 거짓말들』(웅진닷컴)에서 남자친구 때문에 속상할 때 같이 흉봐줄 친한 친구 사귀기.
그런 친구가 있다면 평소에 잘 관리해두기.
심심할 때 밖에 나가지 않고 방 안에서도 즐길 수 있는
취미거리 하나 마련해 두기(십자수, 퍼즐, 게임 등).
돈이 없어서 데이트를 망설이는 남자친구를 원망하지 않기 위해
돈을 벌 수 있는 내 일을 갖고 있기. 그래서 가끔은
"내가 밥 살게, 나와" 밉지 않게 큰소리 치기.
같이 집 주변을 산책할 수 있는 동료(?)를 구해보기.
4살짜리 꼬맹이 조카도 좋고, 복슬거리는 커다란 개도 좋고.
술 몇 잔 정도는 마실 수 있기. 마음이 괴로울 때 캔맥주 한두 개에
"인생이 다 그런 거야" 푸념도 해보다 조용히 잠들기.
남자 때문에 괴롭다고 딴 남자 사귀지 말기. 그냥 동성친구처럼
부담 없이 편안하게 만나기. 그렇게 연애 감정 안 생기면서도
호감은 계속되는 이성친구들 몇 명 알아놓기.
보고 싶은 영화 혼자서도 극장 찾아가 볼 수 있는 용기와,
쇼핑 같이 가줄 시간 맞는 친구가 없을 때
혼자서도 돌아다니며 고를 수 있는 용기 기르기.
사랑이 힘겹고 괴로워서 울더라도
눈물 펑펑 흘리고 난 후에는 씩씩하게 웃기.
사랑 때문에 때로는 더 외로워지더라도 나 자신을 위해주며
혼자서도 꿋꿋하기.

그리하여 어려운 시기가 지난 후에

더 나아진 모습으로 마주 대할 수 있도록….

정말 치사해서
말하고 싶지 않았다

정말이지 치사해서 말하고 싶지 않았다.

내 통화기록에서 수신보다 발신이 월등히 많아져가고 있다는 것을,

언젠가부터 너를 한번 보는 일이

크리스마스에 레스토랑 예약하는 것만큼이나 어렵다는 것을,

나를 만나도 피곤하다는 말뿐인 네가

친구와 지나치게 자주 밤늦도록 놀았다는 것을, 정말… 정말이지

치사해서 말하고 싶지 않았다.

너는 점점 소홀해지는데 나 혼자 더욱더 애태운다는 것을,

다정하게 내 이름을 불러준 적이 언제였는지가 까마득하다는 것을,

여자는 정말 아주 작은 마음의 표현을 바라는 것이라는 것을,

정말이지 치사해서 이렇게까지는 말하고 싶지 않았다.

너말고도 날 봐주는 사람이 많다고, 사실은

너보다 더 괜찮은 사람의 유혹도 많았다고, 그래도 나는

너밖에 눈에 안 들어온다고,

정말… 정말… 치사해서 말하고 싶지 않았다.

하지만, 나는 나도 모르게 눈물을 그렁그렁하게 매단 꼴로,

저 치사하고 치사한 말을, 마음을 너에게 하고야 만다.

아, 더 치사한 건, 속상해서 눈물까지 나는 나를 귀엽다며 미안하다며

꼭 안아주는 너이다.

치사하다. 치사하다.

이렇게 치사하게 얘기해서 네 마음을 확인해야 하는 것이 나이다.

치사하다. 사랑은 치사한 것인가 보다.

여자, 세모글 '나에게 쓰는 편지' 에서

Green

널 내게 보내준 걸 감사해!

커다란 병풍처럼 둘러싸인 초록산과 같이
나를 든든하게 지켜주는 당신이 고마워요.

맑고 깨끗한 공기로 가득 찬 초록숲과 같이
나를 편안하게 감싸주는 당신이 고마워요.

하루 종일 바라봐도 질리지 않는 초록바다와 같이
나를 오래오래 사랑해주는 당신이 고마워요.

한 사람을 더 깊이 알아간다는 것이
얼마나 행복한 일인지 알게 해준 당신이 고마워요.

LOVE
LOVE
TREE IN

사랑은 신이 내린 특별한 선물

시간을 내어 일하라. 그것은 성공의 대가다.

시간을 내어 생각하라. 그것은 힘의 근원이다.

시간을 내어 놀아라. 그것은 영원한 젊음의 비결이다.

시간을 내어 독서하라. 그것은 지혜의 기반이다.

시간을 내어 친절을 베풀어라. 그것은 행복에 이르는 길이다.

시간을 내어 사랑하고 사랑받아라. 그것은 신들의 특전이다.

시간을 내어 함께 나누라. 인생은 이기적이기에는 너무 짧다.

시간을 내어 웃어라. 웃음은 영혼의 음악이다.

'아일랜드의 기도' 에서

사랑은 신이 내린 특별한 선물

연애를 하지 않았을 때와 연애를 하고 있는 지금,

달라진 게 하나 있다면 예전엔 별로 못 들어보던

"예쁘다"라는 말을 종종 듣게 된 거예요. 아무리 거울을 봐도

별로 예뻐진 거 같진 않은데 참 이상한 일이죠.

그렇다고 원래 예쁜 얼굴은 절대 아니구요. 오히려 나는

키도 작고 통통한 편에다가, 약간 부은 듯한 눈에

쌍꺼풀은 속 쌍꺼풀이고, 윗입술은 튀어나오고 코도 낮은 편이라

좀 못생긴 쪽에 가깝다…라고 생각하거든요.

먼저 "예쁘다"고 말해준 건 남자친구예요.

처음 만나던 날도 그랬고, 그 후로도 종종 "예쁘다"라고 말해줘서

쑥스러우면서도 들을 때마다 어찌나 기분이 좋은지.

근데 그 이후로 다른 사람들조차도 가끔 "예쁘다"라는 말을 하니,

이걸 어떻게 받아들여야 할지. 그냥 인사치레로 하는 말이라

생각하고 웃고 말지, 진짜 조금은 예뻐졌나 보다 생각하고

약간의 자신감을 가져도 될지.

아무튼 "예쁘다"란 말, 자꾸 들어도 기분 좋은 말이에요.

이런 기쁨을 느끼게 해줬으니,

사랑이란 건 정말 고마운 선물이죠.

사랑하는 사람에게 사랑받으면 예쁘지 않았던 사람도 예뻐지는 거,

사랑은 신이 내린 특별한 은전(恩典) 맞죠?

두 사람의 마음과 마음이 만나 닮아가기

두 사람의 마음이 만나 서로 어울리면

제3의 마음이 탄생하는데,

그것은 두 사람 중에서

더 강한 자의 마음에 맞춰 형성된다.

성공을 거둔 사람들은

대부분 이 사실을 인정하고,

그들의 성공은 의식적이든 무의식적이든

긍정적인 자세를 지닌

사람들과 친밀하게 어울림으로써

시작되었다고 고백한다.

나폴레온 힐, 『생각하라! 그러면 부자가 되리라』(국일미디어)에서

자기의 페인트통에 어떤 색깔의 페인트를 넣을지

항상 유념해야 된대요.

왜냐하면 내 주위의 벽이 그 색깔에 의해 다르게 색칠될 거니까.

그래서 내가 좋아하는 사람은 긍정적인 자세를 지니고

바른 생각을 가진 사람이어야 해요.

나는 내가 좋아하는 사람의 마음을 따라가니까요.

특히 '영향을 잘 받는 타입'의 사람이니까요.

디지털 카메라로 사진 찍기를 좋아하는 나. 사진에는 별로

관심도 없을 것 같던 당신이,

디지털 카메라를 사서 사진을 찍고 싶다고 하네요.

커피 마시는 걸 무척 좋아하는 나. 카페라고는

잘 가지도 않았을 것 같던 당신이, 커피를 마시러 가자고 하네요.

이것저것 사소한 글쓰기를 좋아하는 나. 글 쓰는 재주는

암만 봐도 별로 없을 것 같던 당신이, 즉흥적으로 지은 소설이라며

도입부를 이야기해주네요.

내가 당신을 따라가는 것처럼 당신도 나 따라하는 건가요?

그만큼 나를 좋아하는 거다, 생각해도 되나요?

우리 이렇게 서로 따라하면서 또 닮아가나 봐요. 그러고 보니

당신 사진을 본 내 친구가, 당신과 내가 생긴 모습도 닮았다고 하네요.

I Love You의 뜻

따뜻함을 불어넣어주고

Inspire warmth

상대방의 말을 들어주고

Listen to each other

당신의 마음을 열어주고

Open your heart

당신을 가치 있게 평가하고

Value your opinion

당신의 신뢰를 표현하고

Express your trust

좋은 말로 충고해주고

Yield to good sense

실수를 덮어주고
Overlook mistake

서로 다른 것을 이해해주는 것
Understand difference

작자미상, 'I LOVE YOU의 뜻' 에서

당신은 내 배 나온 거는 아무 말 하지 않고,

자기 배가 부쩍 나왔다며 창피한 듯 얘기합니다.

당신은 내가 요즘 나이 들어 얼굴이 까칠해진 건 아무 말 하지 않고,

자기가 나이 들어 보인다고 부끄러운 듯 얘기합니다.

겉으로는 "뱃살 좀 빼, 로션이라도 발라" 하고 있지만, 속으로는

'나도 운동 좀 해야지, 나도 오이 마사지라도 해야지'

마음먹습니다.

당신은 얇은 겉옷을 입어 무척이나 추울 텐데도,

내가 추워서 큰일이라며 어서 따뜻한 곳에 들어가자 합니다.

당신은 축축이 내리는 비에 옷들이 모두 젖었는데도,

내 옷 젖은 걸 걱정하며 드라이어로 정성껏 말려줍니다.

당신은 사랑한다는 말을 그리 자주 하지는 않지만,

나는 당신의 이런 모습들에서

당신이 나를 많이 사랑하고 있다는 걸 느낍니다.

사랑이 뭔지 아직도 잘 모르겠지만, 당신의 그런 마음이

사랑이라는 것은 잘 알겠습니다.

세상엔 두 가지의 사랑이 있다

사랑에는 두 가지 종류가 있다.

사랑하기 때문에 사랑받는
성숙한 사랑과
사랑받기 때문에 사랑하는
미숙한 사랑이.

에리히 프롬, 『사랑의 기술』에서

가끔 보면 사랑도 뽐내기용으로 하는 사람들이 있습니다.

"내 남자친구는 하루에 전화도 몇 통이나 하고,

문자는 수십 개 보내. 나는 별로 안 하는데"라든지,

"생일이라고 장미꽃 100송이에 메이커 옷을 선물해주더라"라든지,

"만날 때마다 돈은 남자친구가 다 내고, 나한테 용돈까지 줘"라든지…

마지막 경우는 좀 심한 듯싶기도 하지만,

저런 사람들도 종종 있는 것이 사실이에요.

많이 받는 게 자랑인가요? 뭔가 좋은 게 있을 때 뽐내고 싶은 것이

사람 심리지만, 사랑까지도 자랑을 해야 하나요?

받는 사랑은 자랑할 것이 아니라고 생각합니다.

기념일마다 근사한 선물을 해주는 사람이 과연 몇 년이 지나도

그렇게 할 수 있을까요? 아니, 그렇게 잘해주는 사람에게

익숙해지다 보면 그 사람이 예전보다 잘해주지 못하게 될 때,

사정이 어려워져 작은 선물에 만족해야 하거나

기념일을 챙기지 못하고 지나가야 할 때,

과연 이전만큼 행복하다고 느낄 수 있을까요?

사람의 욕심이라는 것이 끝이 없어서, 자꾸 받다 보면 점점 더

좋은 것을 받고 싶어집니다. 그 사람이 나에게 잘해주다 보면

점점 더 잘해주기를 바라게 됩니다.

혹시나 상대방이 변하기라도 하면, 받는 사랑은 끝입니다.

나를 향한 사랑이 끝이 나면, 그 사람에게 받는 것도 끝나버립니다.

왜 마음이 변한 거냐고, 예전처럼 잘해달라고 매달려도,

한번 떠난 마음은 다시 되돌릴 수 없습니다.

하지만 주는 사랑은 영원할 수 있습니다.

내 마음이 변하지 않는 한,

그를 향한 애정이 변하지 않는 한, 언제까지라도 줄 수 있습니다.

그 사람이 몰라준다면 조금 야속하겠지만,

나를 사랑한다면 언젠가는 내게 마음을 열어줄 거라 믿습니다.

받는 사랑과 주는 사랑 두 가지의 사랑이 있다면,

나는 영원히 지켜갈 수 있는 주는 사랑을 택할 거예요.

사랑하기 때문에 사랑받는 성숙한 사랑을….

어설퍼서 미안, 힘들게 해서 미안

나를 이해하는 사람을 만나고 싶다.

사소한 습관이나 잦은 실수,

쉬 다치기 쉬운 내 자존심을 용납하는

그런 사람을 만나고 싶다.

직설적으로 내뱉고선 이내 후회하는

내 급한 성격을 받아들이는

그런 사람과 만나고 싶다.

스스로 그어둔 금 속에 고정된 채

시멘트처럼 굳었거나 대리석처럼 반들거리며

한 치도 물러서지 않는 사람들 헤치고

너를 만나고 싶다.

입꼬리 말려 올라가는 미소 하나로

모든 걸 녹여버리는

그런 사람.

가뭇한 기억 더듬어 너를 찾는다.

스치던 손가락의 감촉은 어디 갔나.

다친 시간을 어루만지는

밝고 따사롭던 그 햇살.

이제 너를 만나고 싶다.

막무가내의 고집과 시퍼런 질투.

때로 타오르는 증오에 불길처럼 이글거리는

내 못된 인간을 용납하는 사람.

덫에 치여 비틀거리거나

어린아이처럼 꺼이꺼이 울기도 하는

내 어리석음 그윽하게 바라보는

그런 사람을 만나고 싶다.

내 살아가는 방식을 송두리째 이해하는

너를 만나고 싶다.

김재진, '너를 만나고 싶다', 『누구나 혼자이지 않은 사람은 없다』에서

어설퍼서 미안. 힘들게 해서 미안.

나는 당신의 밝은 빛이 되어주고 싶은데

당신을 따뜻하게 비춰주고 감싸주고 싶은데

어떨 땐 뜨겁게만 해서 당신을 지치게 하고

어떨 땐 따가움으로 당신을 상처 나게 하고

따사로운 햇빛이 되기엔 멀었나 봐요.

아직 나는 너무 변덕스럽고 조절이 잘 안 돼요.

얼마나 지나야 편안해질 수 있을까…

어설퍼서 미안. 힘들게 해서 미안.

그래도 언제나, 변치 않고 사랑해줘서 고마워요.

당신을 진정으로 이해할 수 있도록

당신을 진정으로 위하는 방법을 알 수 있도록

좀더 노력해서 당신에게 최고의 사람이 될게요.

사랑은 상처를 아물게 한다

사랑은 사람들을 연결시켜주는 신성한 힘이다.

전기와 흡사하게 사랑은

우리 모두에게 흐르는 에너지이며,

우리는 사랑의 에너지를 다양하게 공유하고 있다.

살짝 손을 잡거나 어깨를 건드려도

사랑의 에너지가 전달되고

부드럽게 대화를 나눠도

사랑의 에너지가 전달된다.

사랑의 힘을 적절하게 사용하면

상상하지도 못한 일이 벌어진다.

사랑을 느끼는 순간 상처받은 마음이 치유된다.

쉐럴 리처드슨, 『나는 좀더 이기적일 필요가 있다』(21세기북스)에서 인큐베이터 속 쌍둥이 얘기 들으신 적 있나요?

태어난 지 얼마 안 된 두 쌍둥이인데, 왼쪽 아이는 몸이 너무 안 좋아서

인큐베이터 속에서 혼자 죽음을 맞이할 수밖에 없었대요.

이 아이를 불쌍히 여긴 한 간호사는 병원의 수칙을 어기며

두 아이를 한 인큐베이터 속에 넣어두었대요.

이때 건강한 오른쪽 아이가 자신의 팔을 뻗어 아파하는 아이를

포옹하는 일이 벌어졌대요. 그러자 놀랍게도 왼쪽 아이의 심장 박동도,

체온도, 모두 정상으로 돌아오고 건강을 되찾게 되었다고 하네요.

믿을 수 없을 정도로 기적 같은 사랑의 힘입니다.

나도 당신 아픔까지 다 감싸안고 싶네요. 진심으로, 진심으로,

당신을 따뜻하게 안아줘서, 당신이 더 이상 힘들어하지 않도록

당신의 상처가 모두 다 낫도록 하고 싶어요.

당신의 상황이 안 좋아서 먼저 손을 내밀 수 없다면,

내가 먼저 손을 내밀게요. 밀어내지 말고 내 손을 잡아줘요.

우리, 사랑을 해요.

겁내지 말고 아기처럼 순수한 바람으로.

달과 지구의 사랑법

달과 지구를 보면 사랑하는 방법이 있다
지구와 태양을 보면 사랑하는 방법이 있다
이 우주의 모든 별들을 보면 사랑하는 방법이 숨어 있다
사랑은 일정한 거리를 지키는 것이다

달이 지구를 너무나 사랑한다고 해서
부딪쳐 오지 않는 것처럼
지구가 태양을 너무나 사랑한다고 해서
태양 속으로 녹아들지 않는 것처럼

우주의 모든 별들이 저마다
가까워지고픈 사랑으로 빛을 내면서도
서로 부딪혀 오지 않는 것처럼
간혹 떠돌이 행성이 어느 별에 부딪히며
상처를 낼 때도 있지만

사랑은 서로에게 상처를 주는 것이 아니라
서로를 지켜주며 간격을 유지하는 것

그렇듯 내가 그대를 오래도록 바라보았으나

더 이상 가까워지길 두려워하는 이유는

더 이상 멀어지지 않는 이유는

사랑하기 때문이다

이보다 더 가까워질 순 없기 때문이다

더 가까워지면 상처가 되기 때문이다

작자 미상, '사랑하는 방법' 에서

사랑은 서로를 지켜주며 간격을 유지하는 것…

달과 지구는 어떤 사랑을 하나요?

어렸을 때 사랑을 많이 받고 자란 아이는 커서도,

똑같은 사랑을

자기가 소중하다고 여기는 사람을 위해 해주고 싶어한대요.

그 사람도 어릴 적의 나처럼 틀림없이

기뻐해주리라 생각하면서….

내가 느꼈던 그런 기쁨을 똑같이

상대방이 느낄 수 있게 하고 싶은 거래요.

우리 만나고 일년 동안엔 ‘뭔가 해주고 싶은 마음’ 을

당신이 이해 못하는 것 같아 무척 야속했어요.

이 사람 어릴 적 사랑을 충분히 받지 못해서

주는 사랑에 익숙하지 않나 보다 생각했어요.

하지만 시간이 지나고

본모습이 차차 보이기 시작하면서부터,

당신만의 ‘위해주는 방식’이 있다는 것을 알게 됐어요.

당신이 주는 사랑을 못하는 것이 아니라,

자기 나름대로의 방식으로 사랑을 주고 있는 거라고.

드러나 보이는 겉치레나 형식적인 매너보다 훨씬 더 깊은,

마음에서 우러나는 작은 배려들을 하고 있는 거라고.

내가 원했던 아기자기한 고백과 선물들은

해보질 않아서 잘 몰랐던 거라고.

우리는 ‘위해주는 방식’ 이 서로 달랐을 뿐이에요.

세월이 좀더 흐르면

서로의 사랑법에 더 익숙해질 수 있겠죠.

그럼 서운함이나 아쉬움도 조금씩 사라질 수 있겠죠.

복합 마데카솔을 갖고 있는 사람

내가 찾고 있는 사람은 복합 마데카솔을 갖고 있는 사람이야.

딱지 위에 발라도 상처가 아무는 복합 마데카솔.

정말 날 좋아한다면 상처 위에 얹어진 그 보기 싫은 딱지도

내 일부임을 인정하고 그것마저도 사랑해줄 수 있어야 하는 거.

그런 거 아닌가… 사랑이라는 거.

찾고 있어.

억지로 딱지를 떼어버리려고 하는 사람말고

내 상처 위에 연고를 발라줄 수 있는 사람.

물론 이 상처, 시간이 흐르면 저절로 아물겠지만

누군가가 약을 발라준다면

그리고 따뜻하게 치료해준다면

생각보다 빨리 아물 수도 있을지 몰라.

그리고 상처가 있던 자리에는

흉터도 남지 않고 뽀얀 새살이 올라 있겠지.

어딘가에 있을 거야.

내게 발라줄 복합 마데카솔을 가지고 있는 사람.

MBC 라디오, 「FM 음악도시」 사연에서

어설픈 짝사랑에 첫사랑의 의미조차 몰랐던 나,
가슴 아픈 첫사랑에 몇 년을 힘들어했던 당신.
나를 너무 아껴줬던 아버지의 죽음에 가슴 한구석 상처가
남아 있던 나, 너무 어린 나이에 어머니가 돌아가셔서 따뜻하게
보살펴주고 보살핌받는 방법을 몰랐던 당신.
누군가에게 사랑받고 싶어서 욕구불만의 어린아이처럼
떼쓰고 사납게 굴었던 나,
사랑하는 사람이 언제 떠날지 몰라
마음 주는 것조차 망설이는 겁쟁이 중년남자 같던 당신.
당신이 내게 사랑하는 마음을 줌으로써 나의 아픔을 덮어준 것처럼,
나는 평생 동안 당신을 보듬어주고 보살펴줌으로써
당신 상처를 감싸주고 싶네요.
나, 그리고 당신, 우리 서로에게 상처에 새살을 돋게 하는
마데카솔 같은 치료제가 되어주기로 해요.

너와 이어진 것들이,
전부 너로 기억된다

너와 함께할 때는, 나는 몰랐다. '너'만 보였으니깐.

슈팅스타(먹고 난 뒤 꼭 파란 혓바닥 자랑).

둘리소시지(둘리가 좋은 건지, 소시지가 좋은 건지).

츄파춥스 투명딸기맛(딸기우유맛 No!).

오므라이스(계란 위, 케첩을 듬뿍 뿌려가면서 이상한 그림을 그린다).

너구리(가끔 다시마 조각이 없는 불량 너구리가 있으니 조심해야 한단다).

바나나킥(그의 아기 때 사진 속 단골 포즈는 바나나킥 하나 물고 헤벌쭉. 그때

부터 사르르 녹는 달콤한 그 맛에 길들여졌단다).

옷, 학용품, 신발 기타 등등, 색깔은 늘 blue(찬물과 남자는 블루라고?).

앞산 F&P cafe(대구 사시는 분은 알지도…).

삼각비닐팩 커피우유(사기 쉽지 않다. 그래서 친구들의 제보를 받아

슈퍼마켓을 찾아가는 수고로움도 마다하지 않는다).

플라스틱 야광별.

이승환 노래.

자전거.

649번 좌석버스.

하늘북.

…

나는 몰랐다.

너와 이어진 것들이, 전부 다 '너' 로 기억될 줄은.

슈팅스타＝둘리소시지＝오므라이스＝바나나킥＝파란색＝삼각비닐팩 커피우유

＝플라스틱 야광별＝…＝ '너'

연상작용 오류처럼.

티티카카, 세모글 '나에게 쓰는 편지' 에서

Blue

널 바라만 봐도 난 눈물이 나

파란 하늘이 시리게도 맑아서
올려다보는 것만으로도 눈물이 나려 합니다.

파란 빗방울이 너무 슬퍼 보여
창밖을 내다보는 것만으로도 눈물이 나려 합니다.

파란 호수가 너무 아름다워서
가만히 바라보는 것만으로도 눈물이 나려 합니다.

비 온 다음날 맑게 갠 스카이블루의 하늘처럼
실컷 울고 나면 한층 내 맘도 깨끗해지겠죠.

그래도 널 사랑할 때가 좋았어

사랑이 외로운 건

내 전부를 걸기 때문이다.

사랑이 될지, 친구로 남아질지

아직 알 수 없는 채로 만나고 있을 때는

누구라도 한없이 불안해진다.

같은 화제로 웃고는 있지만

정말 즐거움이 같은 건지 불안해진다.

다시 혼자로 되돌아왔을 때

문득 상대가 한 말 중에서

다른 의미를 발견하게 된다.

상대가 애인이 아니더라도

누군가를 진정으로 사랑한다는 것은

어려운 일임을 알아두는 것이 좋다.

온종일 같이 하고 있어도

오랫동안 포옹을 하고 있어도

상대는 모든 것을 속속들이

드러내 보여주질 않는다.

그것은 자신이 모든 것을

드러내 보이지 않는 것과 마찬가지겠다.

사라토리 하루히코, 어느 월간지에서

나는 아직 실연을 해본 적이 없습니다.

현재의 사랑은 진행 중이고, 예전의 사랑이라고는

짝사랑이 전부였으니.

내가 좋아하고 나를 사랑하던 사람이, 한때 세상의 전부였을

그 사람이, 완전한 남이 되어 다른 사람의 연인이 된다면,

그걸 지켜봐야 한다면, 지켜보면서도

헤어졌으므로 아무것도 할 수 없다면… 얼마나 마음이 아플까요.

시간이 지나면서 자연스럽게 사랑하는 마음도 변한다지만,

한순간 나의 변덕이나 속 좁음으로 어리석은 이별을 하게 된다면,

그 후에 찾아올 아픔과 괴로움을 이겨내기 힘들겠지요.

실연의 아픔보다 더 큰 후회로 밤을 지새우게 될 테니까요.

사랑하다 헤어진 사람들 대부분이 그래도 사랑할 때가 좋았다 하는 건,

그럴 만한 이유가 있기 때문이겠지요.

그래서 나는 아직까지 못 헤어지고 있는지 모르겠습니다.

사랑을 배워가는 과정만으로도 충분히 어려워서,

그보다 더 힘들다는 이별의 괴로움은 경험하고 싶지 않아서요.

둘이 있어도 이렇게 외로운데,

다시 혼자가 되어 겪어야 할 외로움은 너무 클 거 같아서요.

누군가를 진정으로 사랑한다는 건 외롭고 어려운 일이겠지만,

그래도 그 과정을 함께 나누고 함께 겪어줄 사람이 있어서

충분히 해볼 만한 일이라 생각되네요.

네 마음 식어가는 게 두려워

하나, 대화를 나눌 사람이 있음에도 밤이 깊어 잠 못 이루는 때에는
독서를 하며 그를 위해 마음을 풍요롭게 하라.

둘, 따뜻한 커피를 나누어 마실 사람이 있음에도 차가운 고독의
그림자에 휩싸일 때에는 뜨개질을 하며 그를 위해 창문을 닦아라.

셋, 아픔을 함께 할 사람이 있음에도
혼자 고통의 숲을 방황할 때에는 모닥불을 피우고
그를 위해 나침반을 준비하라.

넷, 사람의 숨결을 나누어 가질 사람이 있음에도
혼자 비를 맞아야 할 때에는 음악을 들으며 그를 위해 편지를 써라.

다섯, 동반자가 되어줄 사람이 있음에도
혼자 여행을 해야 할 때에는 추억을 벗 삼아 그를 위해 선물을 사라.

여섯, 아름다운 밀어를 속삭여줄 사람이 있음에도
하루를 침묵으로 보내야 할 때에는
머리에 빗질을 하고 그를 위해 거울을 보라.

일곱, 진실의 기둥을 세워줄 사람이 있음에도 상실되어가는 진실의
세상이 싫을 때에는 그들을 초대하고 그를 위해 빈 자리를 준비하라.

여덟, 항해사가 되어줄 사람이 있음에도
혼자서 닻을 올려야 할 운명에 접해야 될 때에는 운명을 거부하고
그를 위해 포도주를 준비하라.

아홉, 대문 앞까지 배웅해줄 사람이 있음에도 혼자 쓸쓸히
귀가를 해야 할 때에는 내일을 기약하고 그를 위해 꿈을 설계하라.

열, 초연히 모습을 나타낼 사람이 있음에도
기다리는 시간이 아득히 멀어져 보일 때에는
잃는다는 허무함보다 간직한다는 소중함을 선택하라.

작자 미상, '기다림의 십계명' 에서

사랑하는 사람 때문에 화가 나고 속이 상할 때,

편지를 쓰거나 글을 쓰며 자기의 감정에 귀를 기울여보라고

심리치료사들은 조언합니다.

나 자신에게 "너는 소중한 존재다. 내가 들어줄게,

너는 그럴 만한 자격이 있어"라고 말해줘야 한다고요.

사랑 때문에 지칠 때, 상대방에게 신경질을 내고 화를 내는 건

별로 좋은 방법이 아니에요. 오히려 문제만 더 커질 뿐이지요,

그 시간을 '나를 만나는 시간'으로 바꿔보세요.

내가 지금 무슨 얘길 하고 싶은 건지,

나를 정말 화나게 한 일은 무엇인지…

소중한 나를 아기처럼 사랑스럽게 지켜봐주세요,

차분차분 마음을 정리하면서 나 자신에게 힘을 주세요.

사랑하는데도 혼자라는 생각이 든다면,

기다릴 줄 아는 지혜가 필요해요. 쉽지는 않겠지만.

진정으로 두 사람이 둘이면서 하나가 되는 때까지.

사랑이 외로움이 아닌 진정한 기쁨이 되는 그 날까지.

한두 달에 그런 날을 바라는 건 지나친 욕심이겠죠.

천천히 한 발짝씩 앞으로 나아갈 수 있는 사랑을 해봐요.

그대를 기대와 바꾸지 않기 위해서

그대 향한 내 기대 높으면 높을수록

그 기대보다 더 큰 돌덩이 매달아놓습니다.

부질없는 내 기대 높이가 그대보다 높아서는 아니 되겠기에

내 기대 높이가 자라는 쪽으로

커다란 돌덩이 매달아놓습니다.

그대를 기대와 바꾸지 않기 위해서

기대 따라 행여 그대 잃지 않기 위해서

내 외롬 짓무른 밤일수록 제 설움 넘치는 밤일수록

크고 무거운 돌덩이 하나 가슴 한복판에 매달아놓습니다.

고정희, '사랑법 첫째', 『아름다운 사람 하나』(푸른숲)에서

외로움에 허덕일 땐 좋아하는 사람이 생겼으면 하고 바라고,

좋아하는 사람이 생겼을 땐

그 사람도 나를 좋아해줬으면 하고 바랍니다.

그 사람도 나를 좋아하게 되었을 땐 나에게 잘해줬으면 하고 바라고,

그 사람이 나에게 조금씩 잘해주기 시작하면

좀더 잘해줬으면 하고 바랍니다.

그 사람이 나에게 조금 더 잘해주기 시작하면

더욱더 가까워지기를 바라고, 더욱더 가까워지기 시작하면

그 사람이 내 것이 되기를 바랍니다.

사랑하는 사람에게 뭐가 그리 서운한 일이 많은지.

내 맘 알아주지 못해서, 나를 배려해주지 못해서,

더 챙겨주고 보듬어주지 못해서…

그 사람이 내가 아님을 인정하고, 몇십 년을 전혀 알지도 못하는

남으로 살아온 사람이 나에게 그만큼 해준다는 것에

감사해야 함을 기억하길.

아주 사소한 일들, 자잘한 사건들, 얘기할 수 있는 사람이

있다는 것만으로도 다른 사람은 가지지 못한

보물 하나를 가진 것임을 기억하길.

아무리 친한 친구라도 시도 때도 없이 전화해서 내 힘든 일들,

내 바보 같은 모습들 얘기하면 부담스러워할 텐데,

한밤중에 전화해서 그런 일 있었노라고 얘기할 수 있는

사람이 있다는 것이 얼마나 고마운지.

해결해주지는 못할지라도 그저 들어줄 사람이 있다는 것이

얼마나 소중한 기쁨인지 늘 잊지 말기를.

그대를 기대와 바꾸지 않기 위해서.

길들이는 것과 '증세처방' 이라는 것에 대하여

절 길들였던 그녀 곁을 떠났습니다.

버려진 건지 떠난 건지 혼란스럽지만,

전 그녀를 끝까지 잡지 못했습니다.

아마 그녀는 잡기를 바랐을 것 같은데 원래 그런 그녀인데

바보처럼 잡지 못했습니다.

그동안 버렸던 자존심이 그녀에게는 없었던 자존심이

왜 그 순간 나타났는지 절 냉정하게 만들어버렸습니다.

그녀의 말 한마디에 전 그녀 곁을 떠났습니다.

그녀는 참 좋은 사람이었습니다.

헤어진 지 두 달이 가까워지는데 그동안 정말

힘든 하루하루였습니다.

무언가 하지 않으면 꼬리를 무는 잡념들.

잠들면 항상 그녀와 관련된 꿈을 꾸는 건 또 무슨 일일까요.

꿈인 걸 아는데 눈뜨기 싫은 건 왜일까요.

혼자가 싫어 한 여자를 만나고 있습니다.

그녀가 저에게 바라던 걸 지금 전 다른 여자에게 하고 있습니다.

제 일과를 항상 보고하고, 그녀가 무엇을 하고 있는지 궁금해하고,

이야기할 때는 눈을 보며 이야기하고,

보고 싶다 말하고 좋아한다 말하고, 만날 때는 깨끗한 얼굴로 나가고

가방은 항상 들고 다니고, 가방에 휴지, 우산 등은 꼭 넣어 다니고,

자기 전에 전화하고, 눈뜨면 문자 보내고, 심술부리면 당해주고…

그 심술은 무언가를 바라는 투정일 뿐이잖아요.

대리 만족일지도 모르겠습니다.

그래서 더욱 새로운 사람에게 미안하기도 하고.

제가 잘하고 있는지 저도 알 수 없네요.

바보, 세모글 '사랑의 카운슬러' 에서

'증세처방' 이라는 것이 있대요.

어떤 사람이 목욕집착 증세에 시달리면 목욕을 하라고 명령함으로써

그가 그 일을 그만두게 만드는 것.

사랑을 잘하려면 여자는 여우가 되어야 한다던데,

원래 태어나길 곰으로 태어난 사람이 갑자기

여우가 되려니 참 어렵네요.

그래서 여러 가지 좋은 방법들을 참고해서 응용해보기도 합니다.

근데 남자는 청개구리가 맞나 봐요.

뭐 좀 하라고 하면 잘 안 하고, 포기하는 상태가 되어 가만 놔두면

슬슬 하려고 하니 말이에요.

이 사람 내가 "이렇게 해라, 저렇게 해라" 기껏 길들여놨다가,

그 과정이 너무 힘들어서 포기하고 떠나게 된다면,

다음 만나는 여자에게 내가 원하던 행동들을 그대로 하게 되겠죠?

그 여자는 남자가 알아서 잘할 테니 잔소리 할 필요도

별로 없을 거구요. 그럼 이 청개구리 남자는

왜 아무 소리도 안 하나 싶어 그 여자에게 더욱더 잘해줄 테구요.

음… 암만 생각해도 이 남자와 헤어진다면,

내가 엄청 손해보는 듯한 기분이 드네요.

그냥 '증세처방' 에 대해서나 좀더 연구해봐야겠어요.

너의 첫사랑이 나였더라면…

남자를 사귀려면 여자를 처음 사귀는 남자를 사귀렴.

그 이유를 말해주지.

남자와 여자가 사랑할 때,

여자는 자신의 사랑을 다 주고 남자는 반만 준단다.

그리고는 두 사람이 헤어질 때,

여자는 자신이 주었던 사랑을 모두 가져오지만

남자는 자신의 나머지 반쪽 사랑을 마저 줘버린단다.

그래서 여자는 사귄 횟수에 관계없이 사귈 수 있지만

남자는 다음 번에 많은 사랑을 줄 수 없단다.

이미 첫사랑에게 자신의 사랑을 다 줘버렸기 때문에…

작자미상, '여자를 처음 사귀는 남자를 사귀렴' 에서

생애 첫 남자친구 혹은 여자친구.

생애 첫 키스.

생애 첫 고백.

이런 것들 따위.

다음으로 다가가는 사람들에게는 너무 가혹하다구요.

그 '처음' 사람이 '처음' 이라는 꼬리표를 달고 남겨둔 기억들이

'내가 좋아하는 그 사람' 에게 주는 인상, 감흥, 여운이란

그 다음 사람이 아무리 노력해도 따라갈 수가 없어요.

자, 가정을 해봅시다. 좀더 아름답고 가치 있고 따스한 것들을

절대적이고 객관적으로 저울질할 수 있는 신이 있어요.

여기에 그 '처음' 사람이 '내 사람' 에게 남겨놓고 간 기억들과

내가 '내 사람' 에게 선사한 소중한 추억들이 있습니다.

가만히 의뢰를 해보죠.

어떤 것이 더 무게가 나갈까 하고. 신이 살짝 귀띔해주십니다.

"흠, 이건 나로서도 도무지 우열을 가리기 힘들어서 말이야.

같다고 봐도 좋을 것 같아. 내 명예를 걸고 장담하지. 같아."

이래봤자, '내가 좋아하는 그 사람' 만의 저울에서는 통하지 않아요.

그건 마치 붉은 악마들의 응원에 힘입은 월드컵 축구대표팀처럼

말이죠, 플러스 알파($+\alpha$)의 무게를 더 실어준다니까요.

같은 크기의 감동과 여운이라도 그 '처음' 이라는 꼬리표가

멋지게 파스텔 톤의 바탕을 한 번 더 입힌다는 뜻이지요.

이건, 고등학생 때부터 '세모글'에 오다 이제는

대학생이 된 신카이 군의 글입니다.

맞아요, 처음이란 꼬리표를

그 사람에게서 평생 떼어내버릴 수는 없겠죠.

할 수만 있다면 얼른 떼서 쓰레기통에 휙 던져버리고 싶지만.

제대로 된 연애 사건이라고는 없었던 나에게는

모든 것이 당신과 처음 경험한 일이지만,

당신에게는 처음이 아닌 것이 많았어요.

왜 '첫사랑'을 만나기 전에 나를 만나지 않은 거냐고

따질 수는 없지만, 얼굴도 모르는 그 첫사랑 때문에

질투하고 샘내던 때도 있었습니다.

첫사랑이 떠나버리고 몇 년을 그 여자 때문에 힘들어했다던 당신.

나는 당신의 첫사랑 얘기 때문에 몇 달을 힘들어해야 했습니다.

그 여자 얼마나 예뻤을까, 얼마나 날씬했을까,

당신이 얼마나 그 사람한테 잘해줬을까, 얼마나 아껴줬을까….

아직도 보고 싶냐는 나의 질문에,

"보고 싶다기보다는 궁금한 거지"라고 대답하던 당신.

생각해보면,

나도 예전에 짝사랑했던 남자에 대해 궁금해한 적이 있어요.

결국 동창 모임을 통해 만나보고 나서야,

이미 마음을 완전히 접은 후라는 걸 깨달았지만.

이제는 소중히 간직되어야 할 당신의 추억이라고 생각하고,
과거의 사람에게 질투하는 어리석은 일은 하지 않아야겠지만…
남자는 첫사랑을 영원히 잊지 못한다는 말 때문에,
 '당신의 첫사랑이 나였더라면 얼마나 좋았을까' 하고
문득문득 아쉬워한답니다.

혼자일 때보다 더 견디기 힘든 외로움

사람들은 여러 가지 일들을

두려워하면서 살아간다.

주위 사람들의 마음도 모르고,

혼자 외로워하고…

소중한 사람들을 잃어가고.

이렇게 많은 사람들 속에

자신은 혼자라는 걸 알게 되고…

혼자 있는 것보다 외로운 건,

누군가 옆에 있어도

혼자라고 느끼는 건지도 몰라.

일본 TBS 드라마, 「사랑하고 싶다, 사랑하고 싶다, 사랑하고 싶다」에서

사랑하기 때문에 혼자였을 때보다 더 외롭다는 생각에,

많이 슬퍼했던 적이 있어요.

그 사람 진심이 뭔지 몰랐을 때. 좀더 내게 다가와주길 바랐지만

아무것도 내게 해주려 하지 않았을 때.

너무 보고 싶은데 자주 만날 수가 없어서 힘들었을 때.

그 사람 때문에 서운해서, 내가 받고 싶은 것들을

그 사람에게 해주기 시작했어요.

여자는 상대방에게 자꾸 잘해주다 보면 점점 더 기대를 하게 된대요.

그 사람이 내게 똑같이 해주리라고.

하지만 남자는 그걸 부담스러워 한대요. 자꾸 받다 보면

'이 여자가 나를 많이 사랑하는구나' 싶어 약간 거리를 두려

하기도 하고, 뭔가를 되돌려주기보다는 그냥 받는 상태에

머무르려 한대요. 그냥 가만 놔두는 것이 좋다 생각해서.

그걸 깨닫게 된 후, 먼저 하던 전화도 줄이고, 애정표현도 조금 줄이고,

'뭔가 해주려 하던 것들' 을 줄였어요. 나는 당신을 여전히 사랑하고

있고, 이렇게 계속 당신 곁에 있겠다는 것은 느끼게 해주면서.

글쎄, 그래서 그런 건지, 아님 이 남자가 요새는 철이 좀 든 건지,

예전보다 훨씬 잘해준다는 생각이 드네요. 전화도 자주 하고.

비록 멀리 떨어져 있어서 자주 만날 수 없는 건 여전하지만,

마음만은 그 어느 때보다 가까워졌음을 알 수 있어요.

이제 외롭다는 생각보다는, 혼자 있을 때의 자유를 즐겨보려구요.

정말 나를 사랑하는 걸까?

쉽게 사랑이라 말하고 쉽게 돌아서곤 했었지
나에겐 사랑이란 말은 그저 나 자신에게 한 말이었어
처음 너를 본 순간부터 나는 이미 알고 있었지
내 삶의 끝까지 가져갈 단 한번의 사랑이 내게 왔음을
내 애길 들어봐
이제 난 다시는 거짓 사랑을 애기하지 않아
아주 오랫동안 기다린 사랑을 이제 난 찾았어
이제 난 다시는 헛된 사랑을 애기하지 않아
많은 세월에 바래져도 언제나 난 너를 사랑해

신해철, 「고백」에서

남자친구가 나를 정말 사랑하는지 확신이 없던 시기,
내 노래방 18번은 엄정화의 「후애」였습니다.

너 취한 모습으로 다시 날 찾아오면 떠난 나는 어떡해
내게 모질게 돌아섰던 그 날엔 지금의 모습이 아니었잖아

이런 노래가사처럼, 언젠가는 그 사람이 잘 못해줘서
내가 떠나게 될 것 같은 예감에, 그 노래를 부를 때마다 왠지
마음이 아파오는 듯했어요.
몇 달 동안 힘들어하다 그 사람의 무관심과 소심함에 결국 이별을
결심하고, 한 달 정도 혼자 마음의 결심을 할 때였어요.
아는 동생하고 노래방엘 가서 내 18번곡인 「후애」를 부르는데,
아 이런- 눈물이 주르르 흐르는 거예요.

이런 너의 끝을 보려고 널 포기한 게 아니야
이젠 너무 늦어 되돌릴 수 없잖아

이렇게 헤어지는 건가 보다, 내 사랑의 한계는 여기까지인가 보다,
하는 생각이 들어 슬퍼지고 또 슬퍼져서 차마 노래를
마저 부르지 못하겠더라구요.
요즘에야 다시 사이가 좋아져 언제 그런 일이 있었나 싶지만,

앞으로 노래방에 가도 「후애」는 부르지 않으려구요.

사람일이 꼭 노래가사처럼 되는 건 아니지만, 지금 이 사람과 헤어지고

다른 사람에게 간다는 내용이 마음에 걸려서요.

그러고 보니 나를 만나고 그 사람의 18번은 항상

김종환의 「백년의 약속」이었는데….

세상이 힘들 때 너를 만나 잘해주지도 못하고

사는 게 바빠서 단 한번도 고맙다는 말도 못했다

백년도 우린 살지 못하고 언젠간 헤어지지만

세상이 끝나도 후회 없도록 널 위해 살고 싶다

정말 당신, 약속할 수 있나요? 평생 동안 날 위해 살겠다고….

사랑한다고 슬퍼하지 마세요

사랑한다고 슬퍼하지 마세요.

사랑은 슬픔이 아니에요.

이제는 잊으세요, 그의 그림자는

하나의 추억일 뿐이에요.

지워야 해요, 그의 그림자는

스쳐가는 바람이었으니까요.

그는 내 앞에서 바로 서지 못했어요.

깊은 뿌리가 없었기 때문이죠.

화초 같았을 뿐이에요.

한철 예쁘게 피었을 뿐

계절이 지나면 의미가 없어요.

슬퍼하지 마세요.

사랑은 슬픔이 아니에요.

작자 미상, '사랑한다고 슬퍼하지 마세요' 에서

'세모글'에는 '나에게 쓰는 편지'라는 글판이 있습니다. 이름 그대로

일기도 좋고, 아무에게도 말할 수 없었던 비밀도 좋고,

혹은 혼자 간직한 고백도 좋고, 나에게 해주고 싶은 얘기들을

적는 곳이에요. 그러다 보니 좀 우울한 글도 많고,

어두운 분위기의 글도 많고, 슬프고 눈물나는 글들도 많고,

특히 사랑 때문에 아파하는 글들이 많습니다.

그걸 보고 누군가가 그러대요. '세모글'은 왠지 병원 같다고.

상처받은 사람만 모여서, 소독 냄새가 나려 한다고.

사랑받지 못하고 외사랑에 힘들어하고 짝사랑하다가 찔끔거린다고.

아무래도 글이라는 게 즐겁고 행복한 때보다는 힘들고 괴로울 때

써지는 거라서 그런 거겠지만…. 내 얘기를 늘어놓고 다같이 들어주고

공감하고 힘내라고 말해주고. 그러면서 서로 치유해주고 치료를 받고.

그런 병원이라면 나름대로 꽤 쓸 만한 곳이 아닌가요?

어느 힘든 날 '세모글'에 들렀다 간,

사랑병을 앓고 있는 사람들이 남긴 흔적입니다.

어쩜 세상이 끝나도 내 마음 속 작은 방에 남겨둬야 할 마음.

보는 순간부터 널 사랑했다고. 누군가 바보라고 말해도

할말이 없습니다.

내안

라디오헤드의 creep이었어. 처음 전화선을 타고 흐르던, 네 방 가득
메운 외침은 creep. 가슴을 찢는다고 했던가.
잠을 잘 수가 없다고 했던가. 그녀의 기억에서 헤어나지 못해.
그건 어쩌면 너뿐이었을까….

라이

어쩌다 길에서 우연히라도 한번 마주쳤으면 좋겠는데.
한번만이라도 마주쳤으면 좋겠는데, 멀리서라도….
점점 시간이 흐를수록 제 맘도 정리가 될 줄 알았는데
더 깊어만 가네요.

윈드

외롭다고 해서 사랑이 그립다고 해서
좋아하지도 않는 사람과 만날 수는 없어. 분명히 후회할 거라고.
그리고 그 사람에게도 예의가 아니잖아?

카토

언제쯤 나는 그의 핸드폰 번호를 하나하나 눌러보며
차마 통화버튼을 누르지 못하는 안타까움에서 벗어날 수 있을까?

데미안

올 한해 좋았던 일, 그를 알게 되었습니다.
올 한해 슬펐던 일, 그의 여자친구를 알게 되었습니다.

지예

한번도 사랑한다는 말을 못해봤어요. 말하고 싶었는데
그럴 수 없었어요. 대신 혼자 사진 보면서 말해봤었어요.
너처럼 좋은 애는 없었다고. 함께 있고 싶었다고. 사랑한다고.
언제나 들려주고 싶었던 얘긴데 한번도 못해줬어요.
이제 한번은 말해봤으니까 됐어요. 후련해요.
그 앤 내 마음 영원히 모르겠지만 그래서 더 좋아요. 사랑해.

별이

어렸을 적부터 줄곧 그랬어요. 내가 좋아했던 사람들은
모두 남자친구가 있거나 아니면 좋아하는 사람들이 다 있었어요.
참 웃기죠. 왜 하필 좋아하고 나서 그런 걸 알았는지.
차라리 그 전에 알았더라면 더 좋았을 것을….
'분명 언젠가는 내가 좋아하는 사람도 날 좋아하게 될 거야.'
마음속에 백 번이고 천 번이고 되뇌었습니다.

fsrkeye

당신은 언제나 그대로다

당신은 그대로입니다.

내게 다른 좋은 사람이 생겼다고 말을 했는데도, 이제 당신이 내게 있어

0순위가 아니라고 말을 했는데도, 우리가 사귀고 있을 때와 같이

당신은 언제나 친절하고 언제나 따뜻하게 대해줍니다.

오히려 연락 끊지 않고 오빠 동생 사이로 지내는 것에 대해서 감사해합니다.

하지만 나는 그대로일 수 없습니다.

당신에게 메일을 쓸 때마다 나는 활짝 웃을 수 없습니다. 당신이 날 미워하고

나에게 욕을 하길 바랐습니다. 그런데도 항상 친절한 당신을 보면서,

좀 웃으라는 당신의 글을 읽으면서,

나는 애써 웃으려고 하지만… 눈물부터 납니다.

사랑은 우스운 거라고 사람들은 말을 합니다. 정말 그런 거 같습니다.

당신을 사랑했던 만큼 지금은 당신에게 미안합니다. 그 미안함이 다시

사랑이라는 이름으로 바뀐다면 당신과 나, 서로에게 다 행복한 일일 테지만.

사람 마음이라는 게 정말 우스운 것 같습니다.

이미 다른 사람을 사랑해버린 나는 예전과 같을 수 없는데,

당신은 언제나 그대로입니다.

시루, 세모글 '나에게 쓰는 편지' 에서

Indigo

솔직히 말할게, 내 맘 속에 너 있어!

당신은 청바지가 잘 어울리는 남자는 아니지만
아저씨 같은 양복바지를 입어도 밉지가 않습니다.

당신은 누나가 사줬다는 남색 점퍼를 자주 입지만
항상 같은 옷을 입어도 질리지가 않습니다.

이상형과는 너무 다른 당신을 만나
이제는 당신이 내 이상형이 되려 합니다.

나도 같이 당신의 옷을 골라주고 싶습니다.
환상보다는 현실의 솔직함으로 함께 하고 싶습니다.

사랑을 하려면 용기를 내자

그래 난 취했는지도 몰라 실수인지도 몰라

아침이면 까마득히 생각이 안 나 불안해할지도 몰라

하지만 꼭 오늘밤에 해야 할 말이 있어

약한 모습 미안해도 술김에 하는 말이라 생각지는 마

언제나 네 앞에 서면 준비했었던 말도 왜 난 반대로 말해놓고

돌아서 후회하는지 이젠 고백할게 처음부터 너를 사랑해왔다고

이렇게 널 사랑해 어설픈 나의 말이 촌스럽고 못 미더워도

그냥 하는 말이 아냐 두 번 다시 이런 일 없을 거야

아침이 밝아오면 다시 한 번 널 품에 안고 사랑한다 말할게

자꾸 왜 웃기만 하는 거니 농담처럼 들리니

아무 말도 하지 않고 어린애 보듯 날 바라보기만 하니

아무에게나 늘 이런 얘기 하는 그런 사람은 아냐

너만큼이나 나도 참 어색해 너를 똑바로 쳐다볼 수 없어

자꾸만 아까부터 했던 말 또 해 미안해

하지만 오늘 난 모두 다 말할 거야

널 사랑해 이렇게 널 사랑해

전람회, 「취중진담」에서

'왜 나는 사랑하는 사람이 생기지 않을까' 이런 고민을 하고 있나요?

'왜 나는 매일 짝사랑만 할까' 혹은 이런 고민을?

자기를 사랑하고 있다는 것도 모르는 사람을 혼자서

지극정성으로 짝사랑하거나, 사랑한다는 걸 알면서도 외면하는 사람을

마음 다쳐가며 외사랑하고 있는 사람들을 보면 참 안타깝습니다.

분명히 사랑받기 위해 태어난 사람이고, 사랑받을 만한

자격이 있는 사람인데, 별로 대단하지도 않은 사람(물론 본인이야

세상 최고의 사람으로 느끼겠지만, 객관적으로 보면 사실 별로…)

때문에 스스로 사랑받을 기회를 버리고 있으니까요.

나 역시 10년 동안 한 사람을 짝사랑했던 경력(?)이 있는 터라,

이루어지지 않을 줄 알면서도 미련을 못 버리고 그 사람 주변을

맴도는 것이 얼마나 쓸쓸하고 씁쓸한 일인지 잘 알고 있습니다.

처음에는 내 마음 몰라주는 데 대한 슬픔이었다가,

나를 받아주지 않는 데 대한 미움이 되었다가, 차츰

옛 생각이 날 때 떠오르는 습관적인 그리움으로,

또 접으려야 접을 수도 없는 미련으로 진행되는 불완전한 사랑….

그런데 내 짝이다 싶은 사람을 만나게 되니, 사실 짝사랑은

정말 사랑도 아니었구나 싶어요.

왜 그때 혼자서 그렇게 힘들어했을까 좀 우습기도 하고.

둘이 하는 사랑이 훨씬 더 어렵고

노력을 필요로 한다는 것도 알게 되었죠. 영원히 내게는 찾아오지

않을 것 같았던 나를 사랑하는 사람, 그리고 또 내가 사랑하는 사람.

이런 기적 같은 일이 내게도 일어났다는 것이

얼마나 큰 감동이고 기쁨인지도 알게 되었습니다.

사랑엔 용기가 필요해요.

이 사람이 아니다 싶으면 미련스럽게 매달리지 말고 모질게 끊는 용기,

지금 사랑하는 사람이 없다면

언젠가는 만나게 될 내 짝을 찾아 나서는 용기.

혹시나 『국화꽃 향기』의 주인공처럼 다른 곳은 절대 볼 수 없는

외곬의 사람이라면, 그 단 한 사람을 위해 늘 곁에서 지켜보고

감동을 느끼게 하며 최선을 다하는 용기도 필요하겠죠.

언젠가는 그 사람에게 진심이 닿기를 기다리면서.

‘이 사람이 아니면 안 돼’ 하는 맘도 아니면서 계속 머물고 있다거나,

죽을 힘을 다해보지도 않고서

‘우린 인연이 아닌가 보다’ 한다면,

외로워도 어쩔 수 없을 것 같네요.

용기를 가지고 오랫동안 노력한 사람만이

가질 수 있는 것이 사랑이니까.

시작하는 용기보다 지켜가는 노력이 몇 배나 더 힘든 게

바로 사랑이니까.

작은 거라도 내게만 주는 선물을 받고 싶어

어릴 때는 되고 싶은 게 많았어.

꽃집 주인에 빵집 주인,

그리고 예쁜 신부,

하지만 가장 되고 싶은 건

내가 사랑하는 사람한테

정말로 사랑받는 자신.

쿠리타 리쿠, 만화 『고래가족이야기』에서

남자친구 만나고 얼마 되지 않아 핸드폰 고리를 선물 받은 적이

있어요. 일 때문에 정동진에 갔다가 기념으로 사왔다고.

내가 선물 받는 걸 얼마나 좋아하는 사람인데!

'아, 이 사람이 내 생각 하며 이걸 골랐겠구나' 하는 마음에

기뻐서 어쩔 줄 모르겠더라구요.

그러고 얼마 있다가 우리가 자주 가는 호프집에 맥주를

마시러 갔거든요. 근데 아르바이트하는 여학생이

내 남자친구를 보더니, "핸드폰 고리 고마워요." 하는 거예요.

어찌나 황당하던지.

어떻게 된 일이냐고 묻자 남자친구 한다는 말, 핸드폰 고리를

세 개 사와서 나에게 한 개를 주고, 여기 아르바이트생 두 명에게

하나씩 주었다는 거예요(아르바이트생 두 명이 사귀는 사이였음).

좋게 생각하면, 특별히 줄 사람도 없어서 자주 가는 술집에 있는

그 두 사람에게 줬을 수도 있고, 둘이 사귀는 게 예뻐 보여서 줬을 수도

있지만, 나에게만 준 것이 아니라는 데에 마음이 상하더라구요.

그냥 아무 생각 없이 사와서 아무 생각 없이 나눠준 것 같아서.

마음이 담겨 있지 않다면 선물이 무슨 소용이에요.

어떤 걸 받느냐가 아니라 어떤 마음이 담겨 있느냐가 중요한 거잖아요.

이 사람 저 사람 다 주고서 내게도 주는 거라면, 그런 선물은

별로 받고 싶지 않아요. 아주 작은 거라도 좋으니,

나에게만 주는 선물을 받고 싶어요.

어떤 친구 얘길 들으니, 사무실에서 자기가 좋아하는 사람에게

뭔가 해주고 싶은데, 그 사람에게만 주면 쑥스럽기도 하고

마음을 들킬까 걱정되기도 해서, 팀원들 전부에게 해주면서

슬쩍 그 사람에게도 해준대요.

하지만 그건 별로 좋은 방법이 아닌 것 같아요.

좋아하는 사람에게만, 그 한 사람에게만 주세요.

모두에게 주는 선물이라면 받아도 별 의미가 느껴지지 않거든요.

만약 상대방도 당신을 좋아하고 있는 거라면,

오히려 그런 선물은 상처가 될 수도 있거든요.

사랑이 언제나 이긴다네

세상에는 12개의 강한 것이 있다.

첫째는 돌이다.

그러나 돌은 쇠로 깎을 수 있다.

쇠는 불에 녹아버린다.

불은 물에 꺼져버린다.

물은 구름 속에 흡수된다.

그 구름은 바람에 흩날린다.

그런데 바람은 결코 인간을 날려보낼 수 없다.

그 인간도 공포에 의해 산산조각으로 부서진다.

공포는 술로 떨쳐버릴 수 있다.

술은 잠에 의해 깨어난다.

잠도 죽음만큼 강하지 못하다.

그러나 죽음조차도

사랑에는 승리하지 못하는 것이다.

『탈무드』에서

『모리와 함께한 화요일』에서 모리 선생님은 늘 말하죠.

"사랑이 이기지. 언제나 사랑이 이긴다네."

아직 모리 선생님만큼 살아보지 못하고, 사랑해보지 못해서,

저 말뜻이 분명히 뭔지는 잘 모르겠어요.

하지만, 10년간의 짝사랑을 확실히 끝내게 해주었다는 거,

말 한마디에 나를 꼼짝 못하게 해버린다는 거,

손길만 닿아도 얌전한 강아지처럼 만들어버린다는 거,

아무리 야한 거라도 당신이 좋아한다면 해주고 싶게 바뀌어버린 거,

그런 상상하지도 못했던 스킨십의 기쁨까지 알게 해주었다는 거….

이 정도만 봐도 당신이 정말 '강하다'고 생각해요.

사랑은 환상이 아니라 현실이라는 것을 알게 되고,

손 닿을 수 있는 곳에 있는 최고의 감동이라는 걸 알게 되고,

나는 충분히 사랑받을 만한 사람이라는 걸 알게 되고, 사랑을 하면서

내가 지금 살아 있다는 걸 알게 되었어요.

세월이 오래 흐른 후에 나이가 들어서, "사랑이 언제나 이긴다"는

모리 선생님의 진리를 깨달을 수 있었으면 좋겠네요.

그때에는 조용히 웃으며

아무 고민 없이 사랑에 대해 이야기할 수 있게 되겠지요.

차라리 그 남자와 헤어지라고?

키스하지 말아요.
또다시 입맞춤을 한다면
난 당신 곁을
떠날 수 없을 거예요.

영화 「파리에서의 마지막 탱고」에서

한동안 그 사람 때문에 너무 힘들었을 때

여기저기 사랑 고민 게시판에서 산 적이 있었어요.

전화를 자주 안 해요, 내가 더 좋아하는 거 같아요, 너무 무뚝뚝해요,

잘 만나주질 않아요, 나보다 친구들과 더 잘 어울려요 등등.

내 상황과 비슷한 사람의 글들과 그 답글들을 읽고 또 읽고,

글 올리는 사람이나 답글 단 사람이나 매일 그 내용이 그 내용인데도

눈을 못 떼고 또 읽고 있는 나를 봐요.

그런 글들에 많은 사람들이 이렇게 답해줍니다.

"그런 사람과는 헤어지는 게 나아요."

여자들이 헤어짐을 생각하는 일순위의 남자가 있다면,

당신은 아마 그런 남자였을 겁니다. 여자 심리는 하나도 모르고,

전화 자주 안 하고, 배려해주지 않고, 분위기라고는 모르고,

선물이나 기념일과는 담쌓은 남자.

그 날은 만나고 처음 맞는 화이트데이였는데, 나도 다른 여자들처럼

사탕 참 받고 싶었거든요. 사탕은커녕 전화 한 통화도 없어서

전화를 걸었더니 사탕 주는 날인지도 몰랐다네요. 화 안 내려고 했는데

갑자기 참을 수 없어져서 마구 퍼부어대고 나니 또 미안해집니다.

그래서 밤에 채팅을 하자고 했어요.

말보다는 글로 푸는 게 더 좋을 것 같아서. 그냥 이것저것 얘기하다가,

"… 아까는 진짜 미안했다."

"미안하면 내년에는 알사탕 한 봉지라도 사줘."

“그래, 콩사탕 알사탕 얘기 해줄까?”

“그게 뭔데?”

“옛날에 이승복 어린이가 살았는데 어쩌구저쩌구…”

큭―. 콩사탕 알사탕 얘기라니.

“그럼 나 콩사탕 사줘라.”

했더니 팥사탕도 사준답니다.

이렇게 화가 난 나를 금방 웃겨주는 재주를 가져서

내가 당신 곁을 떠날 수 없나 봅니다.

어느 광고 카피처럼 당신은 화난 나를 30초 안에

웃게 할 수 있다고 자신하는데, 앞으로도 그래 줄 거죠?

혼자 화내다가 풀려면 좀 머쓱하거든요.

우린 너무 어설픈 커플

1. 당신이 사랑하는 사람은
당신의 얼굴을 보면 다른 누군가를 떠올린다.

2. 용기를 내서 마침내 우체통에 넣은 연애편지는
자신이 얼간이가 아닐까 하고 스스로 의심하는 데에
충분할 정도로 늑장 배달된다.

3. 낭만적인 행동을 남이 하면 참신하고 멋지다.
그러나 자신이 하면 어설프고 바보 같다.

『머피의 법칙』 중 '아더의 연애법칙' 에서

환한 낮에 사람 많은 거리를 함께 걷다가 내가 당신 손을 잡으면

"난 길거리에서 이러는 거 싫어하거든" 하며 손을 빼다가도,

깜깜한 밤에 한적한 골목에서는 춥다고 팔짱을 껴도 가만히 있는 당신,

뭔가 어설퍼요.

전화 통화하다 "사랑해" 말해보려고 머뭇머뭇하다 입술이 안 떨어져

"보고 싶어" 하고 끊어버리곤, 문자메시지로 겨우

'사랑한다' 찍어 보내는 나, 아주 못 말리게 어설프죠.

우리 가족들이랑 같이 노래방 갔던 날,

"어머니가 어떤 노래 좋아하시냐"며 몰래 묻더니 나중에 밖에서

"나 노래 잘했냐"며 긴장하던 당신, 참 어설퍼요.

노래방 가서 신곡을 부르고 싶어 한참을 고르고 고르다

겨우 누른 노래를 실패하고, 다른 사람이 신곡을 척척 부르는 걸 보며

"나도 옛날엔 신곡은 꿰고 있었는데" 서운해하는 나, 역시 어설프죠.

왜 그렇게 전화 안 하느냐는 내 말에

'전화할 때 자고 있을까 봐 좀 있다 해야지' 하다

시간을 놓쳐버렸다는 당신, 말도 안 된다 생각될 정도로 어설퍼요.

매일매일 당신 전화 기다리면서도 먼저 전화 한 통화 하려면

생각하고 생각하다가 겨우 번호를 누르는 나, 당신 못지않게 어설프죠.

당신의 어설픈 모습까지도 내겐 예쁘게만 보이니,

남자 보는 내 눈도 어설픈 건가요? 그래도 이런 어설픈 나를

사랑해주니 우린 역시 잘 맞는 커플인가 봐요.

어디로 가야 하죠?

이럴 땐 네가 정말 싫어

난 당신이 내게 말하는 식과 당신의 머리를 자르는 식이 싫어요.

난 당신이 내 차를 운전하는 식이 싫어요. 날 쳐다볼 때도 싫어요.

난 당신의 크고 둔한 전투화가 싫고

당신이 내 마음을 읽는 식도 싫어요.

난 당신을 너무도 싫어해서 아플 지경이에요,

심지어 이런 시를 짓게 만들죠.

난 싫었어요. 당신이 항상 옳다는 식이 싫어요.

당신이 거짓말할 때도 싫어요.

난 당신이 날 웃게 만드는 게 싫어요,

더욱이 날 울게 만들 때는 더 싫어요.

난 당신이 내 주변에 없는 것이 싫고,

당신이 전화하지 않았다는 사실이 싫어요.

하지만 무엇보다도 내가 당신을 조금이나마,

아니 전혀 싫어하지 않는 모습이 싫어요.

영화 「내가 널 사랑할 수 없는 열 가지 이유」에서, 켓이 패트릭에게

아, 나도 정말 싫어요.

당신이 매일 나를 놀리는 거. 어떤 말을 하고 난 후 내 반응을 보며,

그런 반응이 나올 줄 알았다고 큰 소리로 웃어대는 거.

나는 당신이 어떤 행동을 할지

하나도 예측할 수 없어 매일 끙끙대는데.

화난 내가 문자에 대고 투정부리면 그 문자 씹어버리는 거.

나는 무슨 말이라도 해주길 바라는데 그냥 무시해버리는 거.

그러고 나서 나중에 스스로 화가 다 풀려

심한 말 한 거에 대해 미안하다는 마음이 들 때쯤,

전화해서 아무 일도 없었다는 듯 "밥은 먹었냐" 하고 묻는 거.

힘들 때 연락 안 하는 거.

무슨 일인지 아무리 물어도 말해주지 않는 거.

나중에 그 일이 다 지나간 후에 얘기해주는 거.

그래서 당신이 힘든 그 순간에 내가 함께 있을 수 없게 한 거.

당신의 우유부단함이 싫어요.

좀더 용기 있게 나를 리드해가지 못하는 거.

하지만 당신이 나를 이끌어가려 한다면,

나는 또 구속받는 게 싫다 하겠지요.

맞아요, 사실은 이렇게 투정부리면서도 나는 당신을 싫어하지 않아요.

전혀 싫어하지 않죠. 이미 너무 사랑하게 되어버렸는걸요.

사랑이 뭐라고 생각하니?

진정한 사랑은 마음을 나누는 사랑이고

가치 있는 사랑은 오직 한 사람에 대한 사랑이며

헌신적인 사랑은 되돌려받을 생각 없이 하는 사랑이다.

소중한 사랑은 영원히 간직하고픈 사람과 나누는 사랑이고

행복한 사랑은 마음의 일치에 의하여 나누는 사랑이며

뿌듯한 사랑은 주는 사랑이다.

포근한 사랑은 정으로 나누는 사랑이고

아름다운 사랑은 두 영혼이 하나가 되는 사랑이다.

건강한 사랑은 부부끼리 나누는 사랑이고

용기 있는 사랑은 사랑하고픈 사람과 나누는 사랑이며

끈끈한 사랑은 핏줄에 대한 사랑이다.

감격적인 사랑은 오랫동안 떨어졌다 다시 만난 사랑이고

깜찍한 사랑은 아이와 나누는 사랑이며

때묻지 않은 사랑은 첫사랑이다.

순간의 사랑은 마음이 배제된 사랑이고

영원한 사랑은 마음이 합치된 사랑이며

끝없는 사랑은 죽음에 이르기까지의 사랑이다.

불행한 사랑은 사랑을 해서는 안 될 사람과 나누는 사랑이고

값싼 사랑은 사랑의 대상을 자주 바꾸는 사랑이며

천박한 사랑은 육욕에 치우친 사랑이다.

억울한 사랑은 마지못해 하는 사랑이고

비참한 사랑은 굶주린 상태에서 하는 사랑이며

가난한 사랑은 받는 사랑이다.

무모한 사랑은 주인 있는 사람과 나누는 사랑이고

우울한 사랑은 사랑할수록 아픔이 더해지는 사랑이며

애절한 사랑은 이루어질 수 없는 사랑이며

비굴한 사랑은 일방적으로 매달리는 사랑이고

외로운 사랑은 짝사랑이며

아쉬운 사랑은 미련이 남는 사랑이다.

고독한 사랑은 혼자서 나누는 사랑이고

추한 사랑은 강제로 나누는 사랑이며

쓰디쓴 사랑은 이별한 사랑이다.

작자 미상, '사랑의 정의' 에서

사랑이란, 도대체 뭘까요?

"사랑은 삶의 최대 청량 강장제다."

파블로 피카소의 말입니다.

"사랑은 택시와 같은 거죠. 함께 걸어온 길만큼 대가를

지불해야 합니다." 무척이나 공감이 가는 김제동 어록 중 하나.

물론 다른 누군가가 한 말이라지만.

"사랑은 바람이다. 분명히 바람이 불어오는 것을 느낄 수 있지만

잡으려고 하면 손가락 사이로 빠져나가는"이라고

무라카미 하루키는 생각했죠. 사랑이란 게, 잡으려 하면 더 멀리

달아나고 가만 놔두면 또 스스로 다가오는 것이 바람을 닮긴 했네요.

"결국 사람은 사랑을 얼마나 주는가에 따라서 얼마나 많은

사랑을 받는가를 알 수 있다."

이건 존 레논과 폴 메카트니의 말이에요.

"사랑을 성장시키는 데에는 시간이 필요하다"는 건 마크 트웨인의 말.

'사랑은 전율할 수밖에 없는 행복이다' 라고 칼릴 지브란은 생각했고,

'사랑만 있다면 행복하지 않아도 살아갈 수 있다' 라고

도스토예프스키는 생각했죠.

개인적으로는 사랑은 행복이라는 칼릴 지브란의 생각에 한 표.

"진짜 유일한 마술, 유일한 힘, 유일한 구원, 유일한 행복,

사람들은 이것을 소위 사랑하는 것이라고 부른다."

헤르만 헤세는 이렇게 말했어요.

사랑이란 정말 마술이고 기적 같은 일이죠.

"사랑의 반대말은 무관심이다." 발자크가 말했듯이,

사랑이 잊혀지면 미움이 아니라 무관심이 남습니다.

"존중하지 않는 곳에서는 우리의 사랑도 끝난다"는

벤자민 디즈레일리의 말처럼, 사랑이 영원히 계속되려면

그 사람을 존중하고 존경할 수 있어야 할 것 같네요.

부르튼 입술 쥐어뜯기

립케어가 어딜 갔는지 보이질 않네. 또 어디다 갖다 둔 걸까….

꺼끌꺼끌 부르튼 입술, 그게 싫어서 자꾸 쥐어뜯고 있어.

이러다 피나겠다. 그러면서도 자꾸 이래.

겨울이면 유난히도 건조한 입술. 립케어 없으면 볼 수도 없을 정도야.

모르지? 너 만날 땐 늘 예쁘게 꾸미고 나가니까.

이런 거 모르지? 모를 거야.

니 전화 받을 땐, 아무렇지도 않은 듯하니까.

며칠째 전화도 문자도 없어도, 다시 전화가 오면 아무렇지도 않은 척하니까.

모르지? 근데 내 맘은, 내 속은, 부르튼 입술보다 더 건조하게 말라가는 거.

문자를 보내도 메일을 보내도 아무런 답이 없는 너를 기다리면서,

나 바싹바싹 말라가는 거.

아마 그렇겠지. 내 입술… 이러다가도 립케어만 발라주면

언제 그랬냐는 듯 촉촉해지니까.

그렇겠지. 니 전화 한 통이면 또다시 눈 녹듯이 그러겠지.

이제, 이런 거… 나 피곤해서 그만두고 싶어질지도 모르지.

그것도 역시, 모르나 보구나….

쏘나기, 세모글 '나에게 쓰는 편지' 에서

사랑

사랑은 크리스마스다 _ 마님

러시안 룰렛게임. 육신과 영혼이라는 비싼 담보를 걸고
몇백만 분의 일의 확률을 좇아 단 한번의 배팅에 모든 걸 얻을 수도,
잃을 수도 있는 미치도록 매력적인 것 _ 카스토르

없었던 1%의 기대를 만드는 가슴 아픈 행복 _ AND1

가시나무 속에 집을 짓는 것 _ 가시나무

잡았다고 생각해도 잡을 수 없는 꿈 _ 쏘나기

고통과 행복의 더블심장 _ ★블루스

내가 그리고 당신이 또 우리가 살아가는 삶 그 자체 _ 도로시

사랑이란 어쩔 수 없이 숨길 수 없는 재채기같이 참을 수 없는 감정 _ 바램

머리보단 가슴이 앞서는 것. 자존심보단 눈물이 앞을 가리는 것 _ 나나

세상을 바꾸는 힘 _ 무한

서로 닮아가는 거 _ 이재현

수천 번을 사랑한다 말해도 헤어지자는 한마디에
깨져버리는 것 _ 아리

기다림의 교훈 _ 바람소리

함께 들으면 좋은 음악 _ 알사탕

내 안에 다른 사람이 들어오는 것 _ 나루

모든 날을 그 사람으로 인해 멋지게 망쳐버리는 것 _ 키—스

그 많은 아무나 속에서 누군가 나에게 특별한 무엇으로 다가오는 마법 _ 티티카카

조금 손해보더라도 그 사람이 원하는 걸 해주는 것 _ 행복

같이 살고픈 거 _ 들마꽃

설렘, 용기, 행복, 신뢰, 위안, 추억, 슬픔, 이별, 눈물, 그리움, 미소…
이 모두를 만들어낸 마음 _ memo

사랑은 택시. 내가 잡지 않으면 오지 않는다 _ 요꼬★

포근한 침대 같은 것 _ 뱃살공주

마시면 시원하지만 곧 목이 타는 것 _ 와인처럼

열정적이어야만 하는 것인 줄 알았는데,
사실은 조금씩 젖어드는 것이었어야 했나 봐요 _ 동원

발병 원인이 뭔지 도무지 알 수 없는 것 _ 이퓨린

내 맘대로 절대 되지 않는 것 _ 몽인

혼자 하기엔 조금 슬픈 것 _ 눈부처

한여름에 찾아오는 감기 같은 것 _ 꼬마마녀

그의 단점까지도 이해하려 애쓰는 착한 마음 _ 롤러코스터

사랑은 시소 같다. 늘 어느 한쪽으로만 기울어진다. 그래서 아프다 _ 어떤날

세상에서 가장 어려운 일 _ fsrkeye

시작할 때는 잘 모르지만 끝이 날 때는 어딘지 모르게 흔적이 남는 것 _ 스케치북

마약과 유사함. 취하면 허망한 환상에 심장이 세 배 이상 뛰고
끊으면 심한 금단현상까지 일으킴 _ yatata

고장난 머리와 심장 _ ⓘⓘⓕ

평생을 공부해도 알 수 없는 경험으로만 알 수 있는 삶 _ dewy

고통이 행복으로 느껴지는 것 _ 해날

솔로들이 꿈꾸는 이상, 혹은 커플들이 만나는 일상 _ 츠구미

'사랑은…' 다음에 나올 말이 은근히 기대되는 것.
지금 위에 나온 말들이 자신을 흥분시키는 것 _ hero

Purple

영원히 널 지켜줄게

라벤더의 보라색은 우아함과 로맨틱함으로
가까이 다가가기 힘들게 느껴지고

엉겅퀴의 보라색은 화려함과 강렬함으로
손대면 쓰린 상처를 줄 것같이 느껴지고

도라지꽃의 보라색은 수수함과 은근함으로
오래오래 지켜봐도 질리지 않을 것 같습니다.

세 가지 꽃들 중에 하나만을 선택하라 한다면
영원히 당신 곁에 있어주는 도라지꽃이 되겠습니다.

사랑한다면 그의 세계를 탐험하라

우리는 이미 사랑을 안다고 생각한다.

이런 식으로 생각한다면

진정한 사랑이 일어날 가능성은 전혀 없다.

모든 문이 닫혀버린다.

처음부터 다시 시작하라.

상대방 안에 숨어 있는

참 존재를 발견하도록 노력하라.

상대방을 항상 거기에 있는

당연한 사람으로 받아들이지 마라.

인간은 저마다 신비로운 존재이다.

인간의 안으로 뚫고 들어가

탐험을 시작하면 끝이 없다.

그런데 우리는 금세 상대방에게 싫증을 낸다.

표피에서만 만나고 겉으로 빙빙 돌기 때문이다.

오쇼 라즈니쉬, 『자유로운 여성이 되라』(지혜의 나무)에서

우리 동네에 산 것이 벌써 10년이 넘었는데 집 앞 공원에

그렇게 많은 꽃들이 피는지 몰랐어요. 진달래, 철쭉, 목련, 개나리,

벚꽃, 그리고 수많은 이름 모를 들꽃들까지….

내가 누군가를 '안다'고 했을 때, 나는 과연 그 사람을

얼마만큼 아는 걸까요?

한 사람에 대해 더 많이 알고 싶어져요. 당신의 말, 행동,

보여지는 모습만이 아니라 더 깊숙이 숨어 있는, 내가 모르는 것.

당신조차도 모르는 좋은 모습을 발견해 알려주고 싶어요.

당신이 얼마나 근사한 사람인지를.

10년이 지나면 알 수 있을까요?

만난 지 일년이 넘어도 아직 당신에 대해서 잘 모르는 부분이 있어요.

당신이 속을 잘 드러내 보이지 않는 사람이라 그런 건지.

내가 오해하고 서운해하면 당신은 말하죠.

"그렇게 만나고도 나를 아직 모르냐"고.

당신도 나에 대해 모르는 것 많잖아요.

내가 속이 환히 드러나 보인다고, 모든 걸 다 아는 듯 말하지만.

사실은 나도 비밀이 많은 여자랍니다.

더 알아갈 것이 있는 한, 당신이나 나나 쉽게 질리지는 않겠네요.

우린 둘 다 탐구정신이 강한 사람들이니까.

내게 있어 100%의 사랑이란?

내 친구 폴과 아주 유쾌한 점심 식사를 하고 막 헤어진 참이었다.

적어도 내 애정의 20%는 쏟았을

그 정다운 시간의 여운에 흠뻑 젖은 채,

나는 글라디스를 기다리고 있었다.

나는 그녀에게 70%의 애정을 기꺼이 바칠 생각이었다.

하지만 그것은 내가 쒸잔과 좋은 사이로 남아 있는 것을

그녀가 허락하는 경우에 한해서였다.

나는 쒸잔에게 내 성공의 50%를 빚지고 있고,

따라서 그녀에게 50%의 애정을 바쳐야 할 의무가 있다.

쒸잔, 그녀는 어떨까?

그녀는 내가 40%의 애정을 로르에게 쏟는 것을

용납해줄까(로르는 로랑의 누이인데

나는 로랑에게는 25%의 애정을 쏟고 있다)?

때로는 그런 타산에 싫증이 난다. 지긋지긋하다.

더 이상 견딜 수가 없다.

감정의 저울질이 필요 없는 참으로 무던한 사람과

담백하게 살았으면 좋겠다.

장 자끄 상뻬, 『속 깊은 이성친구』(열린책들)에서

100%의 사랑이라는 것이 있을까?

부모님을 향한 사랑이 90%라면 이성간의 사랑은

그보다 부족한 70~80%, 아니 50%도 채 되지 않는 것은 아닐까?

당신을 만나기 전의 나는 그랬어요. 혼자만의 짝사랑을

나름대로 즐기던 시절, 사실은 그 사랑은

그렇게 절실한 게 아니었나 봐요. 나는 그 사이에도

매력적으로 느껴지거나 마음을 끄는 사람을 많이 만났거든요.

20%나 30%의 호감을 느끼기도 하고,

50%의 사랑 비슷한 감정을 느껴보기도 하고.

새로 반한 사람의 말과 행동에 두근거리며 때로는

잠을 설치기도 했으니까.

얕고 넓게 50% 미만의 사랑을 했다고나 할까.

하지만 당신을 만난 이후로 내가 바뀐 것 같아요.

당신의 무관심에 지쳐서 의식적으로 새로운 사랑을 찾으려

한 적도 있었고, 차라리 헤어지는 것이 나을 거란 생각에

다른 만남을 가져보기도 했지만, 누구를 만나도 내 마음 속엔

당신이 있고 당신과 비교하게 되어 그 만남들이 즐겁지 않았거든요.

다른 사람을 사랑해보려 애쓰는 건,

당신과 헤어지는 게 얼마나 힘든 일인지를 깨닫게 해줄 뿐이더라구요.

이제 어쩔 수 없네요.

다른 사람이 들어올 자리가 없어져버렸으니까.

당신을 향한 애정이 나도 모르게 100%로 커져버려,
당신 이외의 사람은 사랑으로 여겨지질 않으니까.
100%의 사랑이란 완벽한 사람과의 사랑이 아니라,
내게 있어 최고의 사람과의 사랑이라는 것을 알았으니까.
그냥 단 한 사람만 사랑하며 살래요.

다른 사람은 알 수 없는, 나조차도 잘 모르는

연애에는 다른 사람에게는 설명할 수 없는,

당사자밖에는 모르는 영역이 있다.

헤어져야 한다고 생각하면 생각할수록 상대에게 끌려드는,

그런 건 이해의 차원이 아니다.

사랑은 사랑에 이끌리는 것,

나보다 내 맘이 더 먼저 도착해 나를 기다리는 것,

사랑은 시작도 끝도 너무 아픈 것이다.

카마타 토시오, 『29세의 크리스마스』(리드북)에서

예전에 혼자서 짝사랑했던 남자아이에게
어설픈 고백의 편지를 보낸 적이 있었는데요. 그때 그 아이는
사귀는 여자친구가 있었어요. 함께 어울려 다니는 우리들이 보기에는
그저 친구 같은, 애인이라고 생각하기에는 뭔가 어설픈,
그래서 둘이 과연 사귀는 것이 맞긴 하나 하는 생각까지 드는
그런 여자친구.
내 편지에 대한 답장에 그러더군요.
"너희들이 생각하는 것보다 세 배 이상은 더 그 애를 사랑한다"라고.
그때는 그 말의 의미를 잘 몰랐었는데
이젠 조금은 알 것 같기도 해요.
다른 사람들에게 보이는 것보다 두 배, 세 배, 아니 열 배쯤 혹은
그 이상으로 좋아하는 사람이 내게도 생겼거든요.
엄마는 더 나를 사랑해주는 남자를 만나라고 하지만,
친구들은 더 여자를 이해해주는 남자와 사귀라고 하지만, 다른 사람을
들여놓기에는 지금 그 사람의 자리가 너무 커져버렸는걸요.
이쯤에서 끝내야겠다고, 헤어지는 게 나을 거라고
지치고 힘들어 그런 생각을 하다가도,
다정한 말 한마디에 또 마음이 흔들리고 마는 상황이 반복됩니다.
나조차 내 마음을 어쩔 수 없는 그런 일이 일어날 수도 있다는 걸
이제는 알 것 같네요.
지금 이 사랑이 미래에 어떻게 될지는 모르겠어요.

과연 몇십 년 후에도 그와 함께 계속 있게 될지,

아님 다른 사람과 함께 하게 될지.

그래, 지금 좋아하는 감정에 충실하자,

좋아하고 있는 동안에는 열심히 사랑하자, 하고

마음을 다잡아보는 수밖에요.

내가 안달한다고 해서 될 일이 아니니까요.

우리 두 사람의 마음이 흘러가는 대로, 그렇게 바라보는 수밖에요.

결혼은 시가 아니라 산문이어야 한다

사랑은 화살처럼
빨리 지나가는 것처럼 보인다.
그러나 그 사랑을 성장시키는 데
시간이 필요하다.
어떤 남자와 여자도 그들이 결혼을 해서
반세기가 지나기 전까지는
완벽한 사랑이 무엇인지 말할 수가 없다.

마크 트웨인

사랑이 오래 계속되려면 시 같아서는 안 된대요. 산문 같아야 된대요.
시처럼 로맨틱한 사랑은 처음의 열정이 사라지면 함께 사라지는
것이어서 다른 상대를 찾아 떠나지만, 산문처럼 안정적인 사랑은
좀 밋밋해 보이더라도 날마다 부딪히는 일상생활을 이해하고
어려움을 감수하기 때문에 지속될 수 있는 거래요.
결혼은 감추어진 그 사람의 본모습을 드러내주는 것이기 때문에,
내 안에 진정한 사랑이 들어 있다면 그 사랑을 드러내주고,
상대를 유혹하기 위한 위선이나 성적인 호감만이 들어 있다면
그 거짓사랑이 밖으로 드러난다고 해요.
살아보지 않고서는 어떤 사람인지 알 수 없겠죠.
몇십 년 함께 산 부부도 상대방의 속을 완전히 알지 못한다는데.
지금 정말 괜찮은 사람이라 생각해도,
결혼해보면 속았다 후회할지 모르죠. 하지만 미리 겁을 내고
결혼 따윈 하지 않을 거라 생각하는 것도 덜 자란 어른 같아요.
당신이 "평생 결혼 같은 건 안 한다" 할 때마다
내 속이 얼마나 착잡한지 알까요.
당신은 내가 예쁜 꽃 같기만 하고 들꽃 같은 거침이 없어서
걱정이라 하지만, 아직도 나를 완전히는 모르나 봐요.
나는 당신이 생각하는 것보다 훨씬 현실적이거든요.
화려하게 꾸미거나 수식이 많은 문장보다는
담백하고 솔직한 문장을 좋아하는 것처럼요.

둘만의 소중한 추억이 담긴 보물상자

"나는 틀림없이 그 어떤 것에서든

너에 관한 것을 발견해서 반드시 기억해낼 거야."

걸으면서 문득 그녀가 말했다.

"비록 잊어버린다 할지라도."

"그 어떤 것이라니?"

"함께 많은 걸 보았고 많은 걸 먹었잖아.

그러니 이 세상의 그 어떤 풍경에도 네 자취가 담겨 있을 거야.

우연히 지나친 갓 태어난 아기.

복어 회 밑으로 비치는 접시의 선명한 무늬.

여름 하늘의 불꽃놀이.

저녁 무렵 바다에서 달이 구름에 가려질 때.

테이블 밑에서 누군가와 발이 부딪혀서 미안하다고 말할 때,

누군가 친절하게 물건을 주워주어서 고맙다고 말할 때.

곧 죽을 것 같은 할아버지가 비틀비틀 걸어가는 것을 볼 때.

길거리의 개나 고양이.

높은 곳에서 본 경치.

지하철역으로 내려가서 미적지근한 바람을 얼굴에 느낄 때.

한밤중에 전화가 울릴 때.

다른 그 누군가를 좋아하게 될 때,

그 사람의 눈썹 선에서도 반드시."

요시모토 바나나, '나선' 『도마뱀』(민음사)에서

사랑은 추억을 공유하는 거래요.

추억을 오래 공유한 두 사람은 미소와 웃음, 약간의 눈물이 쌓여

혈연 같은 굳건한 유대관계로 묶이게 된대요.

그리고 그 소중한 추억들이 담긴 보물상자로부터 마침내

만족스러운 인연으로 함께 하게 되는 거래요.

당신과 나, 처음부터 함께 나진 않았지만, 몇십 년 동안 따로 살아

서로 다른 것도 많지만, 이제부터 하나하나 추억을 쌓아가기로 해요.

당신만 아는 내 모습, 나만 아는 당신 모습, 하나하나 알아가기로 해요.

내가 어떤 걸 보면 좋아하는지, 어떻게 해주면 감동받는지,

당신이 잘 모르겠으면 내가 하나씩 일러줄게요.

당신이 어떤 음식을 좋아하는지, 어떻게 해주면 힘이 나는지,

내가 잘 모르면 당신이 하나씩 가르쳐줘요.

서로 맞춰가려고 일부러 노력하지 마요.

그냥 상대방이 무얼 좋아하는지 인정해주기로 해요.

어느 샌가 나도 모르게 당신이 좋아하는 걸

따라서 좋아하게 되어버린 것처럼,

오래오래 알아가면서 자연스럽게 사이좋은 오누이처럼 닮아갈 거예요.

우리 그냥 같이 살면 안 될까요?

검은 머리가 파뿌리 되도록 사랑하렵니다 한국

당신이 집에서 만들어주는 음식을 먹고 싶소 일본

그대는 작고 사랑스런 양배추 프랑스

나는 당신의 사랑에 중독됐답니다 미국

우리가 아끼는 암소의 젖을 영원토록 함께 짜봐요 나미비아

당신은 죽여주는군 호주

그대는 태양처럼 아름다워요 이탈리아

나는 당신의 프라이팬에서 녹는 한 조각 버터 스웨덴

당신은 옥수수를 자라게 하는 햇빛과 같습니다 짐바브웨

각 나라의 청혼 표현

햇빛이 잘 들지 않는 어둠이 싫어서,

사방이 높은 벽으로 둘러싸인 답답함이 싫어서,

혼자 사는 그 방을 싫어한다는 남자.

커다란 창에 햇빛 가득 들어오는 환한 집에서, 창밖으로 낮은 뜰이

내려다보이는 예쁜 집에서, 우리 함께 살면 안 되나요?

김치 송송 썰어넣고 돼지고기 넣어 맛나게 김치찌개를 끓일 줄 알고,

그 김치찌개 자주 먹게 해주면 안 되나요?

식후 녹차 서비스는 확실하게 헤줄게요.

세탁기가 없어서 손빨래하는 건 힘들다 하면서도, 금방금방 솜씨 좋게

다림질을 할 줄 알아 늘 옷을 깨끗하게 입고 다니는 남자.

구김 간 내 치마도 함께 다려줄 수 있나요? 빨래는 내가 돌릴게요,

세탁기가 알아서 해주겠지만.

당신 팔베개가 그리워서, 감은 두 눈이 그리워서,

꼬옥 잡아주던 손이 그리워서, 살짝 볼에 입맞춰주던 감촉이 그리워서,

잠잘 때의 숨소리와 코 고는 소리마저도 그리워서,

문득문득 잠을 이루지 못할 때가 있습니다.

우리 그냥 같이 살면 안 될까요?

남은 생을 함께 여행할 사람이 당신이기를…

인생을 목적으로서가 아니라

하나의 과정으로서

계속되는 여행이라고 생각하라.

당신의 인생 여행은 매일매일 가능한 한

인간적으로 즐길 수 있는 것이다.

꽃 향기를 맡기 위해 시간을 내라.

매일매일의 생활이 가끔

어떠한 어려운 문제에 부딪히든지 간에

그 일정 부분을 즐겨라.

제러드 쿠셀, '성공의 비밀' 에서

잠깐 동안 커피도 팔고 음식도 팔던 작은 카페를 하고 있었던 때,

문득문득, 그 공간에 있는 내가 마치 여행을 온 여행자인 것 같다는

생각이 들었습니다. 그때 썼던 일기 중에 이런 글이 있네요.

내가 현재 살고 생활하고 살림을 하는 곳.

이전에 살던 내 집에 비하면 부족한 것도 많고, 아쉬운 것도 많고,

약간은 지저분하고 궁색하고 모자란 곳.

얼굴 맞대고 싸우고 간섭할 가족이 없어서 편하면서도,

그래서 또 심심하기도 하고 외롭기도 한 곳.

아침에 일어나서 가게문을 열고, 청소를 하고, 장사 준비를 하고,

손님을 맞고, 슈퍼 아줌마랑 수다를 떨고, 단골손님들과

잡담을 나누고, 수없이 많은 설거지를 하고,

밥도 하고, 음식도 만들고, 차도 타고, 가끔 찾아오는 낯익은 친구들

혹은 나를 찾아주는 반가운 사람들에 고마움을 느끼기도 하고,

장사를 마감하고, 다시 청소를 하고, 빨래를 하고,

그러는 짬짬이 인터넷도 하고, 책도 읽고, 외로워하기도 하고….

이렇게 몸을 쓰는 일을 하는 건 사실 처음이라 무척이나 힘들지만,

그래도 더 나이 들기 전에 이런 일을 해볼 수 있어서 무척 다행이었다,

라고 나중에 얘기할 수 있게 되길.

'그때 그 여행은 참 좋았어' 라고

생각할 수 있게 되기를.

그리고 나처럼 어딘가 또 다른 곳을 여행 중인 내 친구.

사랑하는 내 친구도, 지금 힘든 거 잘 이겨내길.

사랑해. 늘 생각하고… 사랑한다.

지금 잠시 힘든 것뿐이야. 우리 그렇게 생각하자.

카페가 잘 안 돼서 문을 닫고 그냥 무기력 상태가 되어

집에만 있다가 또 한 달 정도는 무지 아프고 또 무기력 상태의 반복.

그렇게 몇 달 정도 아무것도 안 하고 빈둥거리는 생활을 하다,

어느 날 갑자기 뭔가 슬슬 해보고 싶어지는 나를 발견했습니다.

나는 또 지금과 달라지겠죠.

10년 후의 내가 어떤 모습으로 있을지는 나조차도 모르죠.

우린 앞으로도 여행을 계속하게 되겠죠.

언젠가 둘이 함께 동반자가 되어 같은 여행을 하게 될지

아님 서로 각자의 길을 가게 될지 그건 알 수 없지만,

서로 각자의 있는 자리에서 잘 살아가기로 해요.

지금 당장은 아니더라도 열심히 잘 살아가다가

인연이라면, 헤어질 수 없는 인연이라면,

언젠가는 같이 하게 되겠지요.

나의 남은 생을 함께 여행할 사람이 당신이기를,

부디 당신이 되어주기를 간절히 바랍니다.

최고의 커플이 되기 위하여!

모두가 누군가를 찾고 있다.

정말 좋아하는 사람과 함께 있고 싶어하고

정말 좋아하는 사람을 찾고 싶어한다.

소녀도 소년도 자신을 키워나간다.

언제든 서로를 만날 준비를 하면서

나는 세상에서 제일 사랑하는 누군가를 찾고,

누군가는 세상에서 제일 사랑하는 나를 찾는다.

세상에서 제일 아름다운

최고의 커플이 되기 위해.

파이팅!

오노주카 카오리, 만화 『최고의 커플』에서

살아가면서 사랑은 평생 동안 해야 할 일입니다.

지금, 어느 한 순간 자기의 삶에 사랑이 없다고

앞으로도 영원히 없을 거라고 생각하지 마세요.

나도 서른둘이라는 늦은 나이에 처음으로 사랑을 시작했는데,

이 사람 만나기 전까지는 사랑이란 거 연애란 거

나랑은 정말 인연이 없는 일인 줄 알았거든요.

늦게 시작한 만큼 더 오래오래 지켜가고 싶어요. 삶이 다하는 날까지

이 사람 사랑하면서 함께 나이 들어가고 싶어요.

그게 얼마나 힘든 일인 줄 아니까, 노력해야지요.

고 3때 새벽까지 공부했던 것의 반만이라도

아니, 그 이상 더 열심히 노력해야 돼요.

과목별 요점정리 하듯 사랑에 관한 책들을 읽으며

나에게 도움이 될 만한 내용들을 가슴에 새기고, 모의고사로 실력을

체크하듯 사랑하는 사람과의 크고 작은 시험들을 거쳐가며

둘 사이의 끈을 더 단단히 해야 돼요.

그렇게 온 힘을 다해 노력하기 전에 꼭 체크해야 할 것!

지금 하고 있는 사랑을 냉정하게 평가해보세요.

내가 평생을 걸 만한 사랑인지.

그냥 외로워서 그 사람을 필요로 할 뿐이라거나,

나를 좋아하는 사람 맘에 없어도 미안해서 만나주는 경우라거나,

곧 이혼할 듯 말하며 아내는 사랑하지 않는다고 하는

유부남과의 관계라거나, 내 사랑을 알면서도

나를 받아주지 않는 이에 대한 지독한 짝사랑이라거나,

집착이 미움이 되어 서로 상처만 주는 전쟁 같은 사랑이라거나…

이런 사랑을 하고 있다면 앞으로 나아가기 전에

잠시 멈춰 정리하는 시간을 가지세요.

노력해서 바뀔 일이라면 죽을 힘을 다해 애쓰겠지만,

세상엔 노력해도 안 되는 게 많거든요.

여러 가지 작은 일로도 부딪치고 힘든 것이 사랑인데,

뿌리까지 흔들리는 사랑은

얼마나 나를 더 생채기 내고 깎아먹겠어요.

내 삶을 걸 만한 사랑이라야 비로소

노력할 가치가 있는 거라고 생각해요. 아직 그런 사람이 없다면

더 기다려보세요. 서른이든 마흔이든 나이가 중요한 건 아니잖아요.

당신의 진정한 사랑은 마흔아홉 살에 찾아올 수도 있는 거니깐

(그것보다는 좀더 빨리 찾아오길 바라지만).

기다리지 못하겠다 생각한다면, 직접 찾아나서세요.

존 그레이의 『화성남자 금성여자의 사랑의 완성』에 보면

'진정한 짝을 만나는 101가지 장소와 방법'이 나옵니다.

적어도 101가지 노력은 해봐야 짝을 만나죠.

기껏 몇 번의 시도를 한 후에 '아, 나는 역시 안 돼' 하며 쉬운 사랑만

찾는다면, 진정한 짝을 만날 기회를 스스로 차버리는 거예요.

이 사람이다 싶은 사람을 찾았다면, 최선을 다해봐요.

그러다 잘 안 되더라도

'열심히 사랑했으니까 후회는 없다' 란 생각이 들도록.

둘이 함께 어려운 일들을 하나하나 이겨내면서,

영원토록 같이 손잡고 갈 수 있는 사람이라면 더 바랄 것이 없겠죠.

우리 모두, 세상에서 제일 아름다운 최고의 커플이 되기 위해, 파이팅!

헤어질까, 결혼할까? 확률은 반반

"널 좋아한다는데 무슨 문제야?"

정말 기운 빠지는 소리다.

나는 이젠 튼튼한 울타리와 안정을 원하고 그는 아슬아슬한 자유를 원한다.

결혼? 나도 무섭지만, 그 사람이기 때문에 가능하다고 생각했다.

그러나 그에게 결혼이란 아직 아직, 전혀… 오우 노우~

우리의 반짝거렸던 설렘과 기쁨은 이렇게 어긋나기 시작했다.

벌써 4개월째다.

서로 상처 내고 쓰다듬어주고….

어제는 내가 정말 지쳤다고 생각했고, 그동안 수없이 반복했던 이별을 고했다.

우린 까만 밤을 지새우며 각자 훌쩍거렸고, 아침엔 언제 그랬냐는 듯

한강 고수부지에서 만나 농담하다가 차 안에서 낮잠까지 잤다. 아주 달콤하게.

그리고 저녁을 먹으며 어쩌다 불끈 하는 마음에 다시 이별을 이야기했고

이젠 정말 마지막이다, 진짜. 행복해라, 만나서 즐거웠다… 그러다, 갑자기

농담이 생각나 낄낄거리며…3월을 흘려보내고 있다.

우리는 헤어질까, 아니면 언젠가는, 결혼해서 지지고 볶으며 살까…

확률은 반반이다!

딸기우유, 세모글 '나에게 쓰는 편지' 에서

있을 때 잘해줘야 되는 건 애인뿐만이 아니다

그 날 밤 술 마시고 집에 돌아온 엄마를 시큰둥하게 맞아서 그랬는지,
"딸내미, 엄마 왔는데 아는 체도 안 하냐"며 내 방문을 열고
술기운에 약간 오버하던 엄마를 하던 일에 몰두해서 "뭐?" 하며
무안하게 만들어서 그랬는지 몰라도,
엄마가 나오는 꿈을 두 번이나 꾸었습니다.
첫 번째 꿈은, 나는 혼자 살고 있고 엄마와는 연락하면 안 되는
상황이었는데, 엄마가 일하는 가게에 전화를 걸어
거기 아르바이트생에게 엄마의 안부를 묻는 내용.
직접 엄마에게 연락하지 못하고 만날 수도 없으면서, 다른 사람에게
엄마의 소식을 전해 듣는다는 것이 어찌나 슬프던지.
그러다 꿈에서 깨어나고, 엄마가 밥상을 차리고 있는 거예요. 잠에서
덜 깬 상태에서 "엄마?" 하고 부르니, "왜? 딸내미~" 그러는 거예요.
너무 기쁘기도 하고 너무 슬프기도 해서 막 엉엉— 울어버렸어요.

그러다 또 꿈이 깨고…. 눈을 떠보니 모두 다 꿈속의 일들이네요.

실제 펑펑 울고 난 것처럼 괜히 가슴이 먹먹하고

코까지 시큰거리는 것이, 굉장히 실감나는 꿈이었네요.

엄마 오시면 이번엔 좀 웃으며 애교도 떨면서

반갑게 맞아드려야겠어요. 아, 우선 전화라도 한 통 걸어봐야지요.

무슨 일이 일어나서 엄마를 못 보게 된다면

지금 나의 무심함이 너무 후회될 테니까요.

내 곁에 있을 때 잘해줘야 되는 건 애인뿐만이 아니고,

엄마와 우리 가족들, 그리고 소중한 친구들(아버지 돌아가셨을 때에

한번 크게 후회했으니까)… 내가 사랑하는 사람 모두예요.

내가 좋을 때 진심으로 기뻐해주고,

내가 힘들 때 진심으로 걱정해주는, 나의 고마운 사람들…

사랑합니다.